河出文庫

祈ること

出家する前のわたし
初期自選エッセイ

瀬戸内寂聴

河出書房新社

はじめに――巻頭書き下ろしエッセイ

一九七三年（昭和四十八年）十一月十四日、私は東北の名利中尊寺で、出家得度し、天台宗の尼僧となった。法師は今春聴大僧正で、今師は小説家今東光氏であった。今東光氏も三十代で出家されていた。

私の法名の寂聴は、今師の法名春聴の一字をいただいてつけられたものだった。

出家ということを当時の私は生きながら死ぬことだと心得ていて、その川を飛びこえてしまえば、これまで生きてきた私の過去の歳月は一応捨てられたようなもので、その時から私の全く新しい人生がはじめられるのだと思っていた。私にとって生きながら死に彼岸に飛び移るということは、自分を抹殺することでなく再生を意味していた。再生して生き直すための通過儀礼が出家得度という儀式なのだと思っていた。

私はその年五十一歳になっていた。二十六歳で家を飛びだし、二十九歳から少女小説を書いて食べつなぎ、三十六歳から曲りなりにも大人の小説家としての看板をかかげ、五十一歳まで、ひたすら書きつづけていたのだった。

その間、一年はおろか、一カ月の休みもなく書き通していたのだから、我ながら、よくつづいたと思っていた。その間、日曜祭日もなく人の眠る時間も起きて、読みに読み、書きに書いていたのだから、病気で倒れなかったのが不思議なくらいであった。

それでももう私は疲れていたのだと思う。心が澱み、精神がいきいきと弾まなくなっていた。あれほどなりたかった小説家になってみると、さほど嬉しくて有頂天にもなれず、毎月の締切りに追われて息切れし、新聞に自分の名前の広告が出ても、はじめの頃のような感激もなくなっていた。

心にも五十年生きてきた垢がたまり、血管も錆び、ペンもまた錆びているような気がしてきた。一度心も血管も、ペンも洗い直し、新鮮になって出直したいという願いがいつの間にか心の中に降りつもっていた。その方法を探している間に、私は出家ということを思いついたのだった。出家を私は洗剤か、腫瘍を切り取るメスのように考えていたのかもしれない。

幸い、今師は何の説明をしないでも、

「出家させてください」

と私が一言お願いしただけで、唐突な私の願望のすべてを理解して下さったのであった。

八月の二十日すぎお願いに行き、その場で得度の日取りが決められた。私はそれまでの自分の身辺の整理を夜を日についで行った。

もう袖を通すことはないであろう、着物や洋服類の整理があった。知人にそれを生き形見として選び決めることからはじまって、これまで自分の書いたものの整理もしておきたかった。

私は小説も書いたが、随筆もいつの間にかたまっていた。

いわゆる在家の小説家としての私は十一月までである。その後は出版社が私に書かせてくれるかどうか何の約束もなかった。

小説は私小説といえど虚構の産物である。けれども随筆はフィクションではない。作者の本音がもろに出ているものが多い。特に私は本音のことをよく随筆に書いていた。それだけに、随筆の中にはその折々の正直な私の感情が露骨なほど書き出されていた。日記代りのように私はよく随筆を書いていたので、その中には私の旅や行動や、折々の社会的事件への感想や、出家前おびただしいほどくりかえし引越した、それぞれの住家の四季なども書きこまれていた。

着ること、食べること、住むこと、出逢い、別れ、取材の感動等々、まるでごった煮のように何でもつめこまれていた。

私の小説より私に近いものだった。

それをすっかりまとめてくれる出版社はないだろうか。しかも決して出家の予定は知らせずに。そんな勝手な願いが通じたようにちょっとした話しあいから信じられないほど早く話がまとまり、随筆選集を出してくれることになった。出版社は河出書房だった。

私はその話が決った時とても嬉しかった。自分としては自分の見知らぬ読者に、それどなく遺言を残すような気分がしたからだ。ひそかな形見分けでもあった。着物や、宝石や櫛などより、一番受けとってほしい形見であった。

出家してからすでに十六年の歳月が流れ去った。

私は出家後もやはり書きつづけている。

小説家の看板をかかげて、出家するまでよりも、出家後の小説家としての歳月の方がいつの間にか長くなっている。

これは私にとっては信じられないような幸運であった。この頃またとみに私は筆力に弾みがついてきたようにさえ思う。肉体の衰えはあっても、筆に老化のないことはどんなに有難いことか。それでも自分では気づかず、出家前見えていたものが見えなくなっているかもしれないし、見えなかったものが、見えてきているのかもしれないと思ったりしている。

たまたまこんな時、出家前の随筆選集を、文庫に入れないかという話が河出書房からあった。私としては、もはや本屋の店頭では見ることの出来なくなったこれ等の随筆を、文庫本にして、より多くの人々に読んでもらえるとしたら、こんな嬉しいことはない。

自分もまた、久しぶりに出家前のなつかしい自分の姿をふりかえる愉しみに恵まれ、心が弾んでくるようである。

瀬戸内寂聴

祈ること　出家する前のわたし　初期自選エッセイ＊目次

祈ること

出家する前のわたし　初期自選エッセイ

I

昏き闇より——わが回心の記

くらきよりくらき道にぞ入ぬべき
　はるかに照らせ山の端の月　　和泉式部

「風性は常住なるがゆゑに、仏家《ぶつけ》の風は大地の黄金《わうごん》なるを現成せしめ、長河《ちやうが》の蘇酪《そらく》を参熟せり」

正法眼蔵《しようぼうげんぞう》の現成公案《げんじようこうあん》の最後の結びの章である。何という力強い晴れ晴れとした章句であろう。

私は道元のつぶつぶと力強くいいきった男性的な文章が好きでひそかに愛読してきた。若い頃は王朝の女流の物語や日記に惹かれたが、中年をすぎてからは中世の隠遁者の日記、紀行などに心をより強く捕えられるようになった。

方丈記や徒然草や奥の細道が本当に面白いと思いだしたのは、中年すぎてからである。そしてこれら中世の自照文学の原流に正法眼蔵があるのではないかという西尾実先生の説に感銘して、正法眼蔵をくりかえし読むようになった。正法眼蔵が内包する偉大な哲理を理解する前に、まず私は正法眼蔵の歯切れのいい文章に魅せられた。それは声に出して誦すると詩のようであった。私は聖書は今でも現代語訳は読む気はしなくて、旧《ふる》い訳のままで覚えている。

われ山に向ひて目をあぐ、わが扶助《たすけ》はいづこより来るや

などというのを現代語訳で読んでは心に訴え方が半減してしまうのである。コリント前書十三章の、

「たとひ我もろもろの国人の言《ことば》および御使の言を語るとも、愛なくば鳴る鐘や響く鐃鈸《ねうはち》の如し。仮令《たとひ》われ予言する能力《ちから》あり、又すべての奥義と凡ての知識とに達し、また山を移すほどの大なる信仰ありとも愛なくば数ふるに足らず……」から「げに信仰と希望《のぞみ》と愛と此《こ》の三つの者は限りなく存らん、而して其のうち最も大《おほい》なるは愛なり」の章句も私の一番好きな聖書の句であるが、これを現代語でいえば、全く味わいが変ってしまうのである。

私は、四国阿波の徳島の神仏具商の子供として生れた。物心ついた頃から、春は巡礼の鈴の音に乗って訪れるものだと思いこんでいた。

ある朝、気がつくと、町の四方の辻から、巡礼の鈴の音が清らかななつかしい響きを伝えて近づいてくる。初雪を見た時のような心の躍りを覚えて、思わず、道路へ走り出ていくと、白い巡礼着に同行二人と書いたすげ笠をかむり、赤や水色のくけ紐で、その笠を顎にむすんだ巡礼が三々五々うちつれて湧きあがるように近づいてくるのであった。

水色の手甲、脚はんがすがすがしいのは、若い人妻や嫁入前の娘の巡礼であり、萎えた汚れた白衣に、すげ笠の破れも痛ましいのは、業病のため、肉親に捨てられた流浪の巡礼であった。幸せな巡礼も、痛ましい巡礼も振り鳴らす鈴の音は清らかですがすがしく、誰の白衣も通ってきた春の野の若草の匂いとぬるんだ春風の香をしみこませていた。

幸福な巡礼はわが家の店先に立ちよって、郷里の知人への土産の数珠を買ったりお大師様の絵像を需《もと》めたりした。不幸せな巡礼は、深くかぶったすげ笠に崩れた顔をかくし、木のひしゃくを遠くからさしのべて、巡礼に御報謝と、くぐもった声で低くいった。

彼等は、わが家の店の軒下で、鈴を振って御詠歌をうたった。私は物心ついた時から、巡礼の御詠歌の哀切なひびきと、箱廻しと呼んでいた人形廻しの語る浄瑠璃の節廻しを同時に聞いて育った。

またわが家の店には、善男善女が在所から仏壇や仏具を買いに来たし、近所の色町からは衿白粉の濃い芸者たちが、お稲荷さんの赤い提灯や、御眷族を需めに立ちよったりした。

お拝《が》みやのせんせと父や母が呼んでいる人たちもあったし、お寺の坊さまたちも訪れて店で長い世間話をしていった。

私は小学校に上る前には「のりと」も「はんにゃしんぎょう」も空で高らかに一句もつかえずいえるようになっていた。それは母が口うつしに教えた教育勅語と同じ速さで私の無垢な脳にしみこんでいった。私は「のりと」も「おきょう」も「ちょくご」も同じように節をつけて覚えた。

三つとも有難いもの尊いものとして大人たちは私に教えるともなく教えた。家の近くにインマヌエル教会があり、私はそこの日曜学校のいい生徒でもあった。私はそこで讃美歌を覚えた。

父は仏壇も作ったが神棚の上にのせるお堂も作った。時々、村のお社や、小学校の勅語奉安殿も作った。銅でふいた屋根の光る奉安殿の写真がいくつも撮られ、錦張りの表紙のアルバムに収められ店に置かれていた。

器用な父は子供の時家が没落して指物職人の徒弟にやられたが、自分で苦心して、教えられた以上の仕事を覚えたようだ。奉安殿や、村の社の青写真を書くことも自分でやっていた。私は子供の頃よく父の仕事を気長に見守って飽きもしなかった。仏壇に金箔を塗る時、父は息をとばさないようにマスクをかけ、自分で工夫して作った竹のピンセットで薄い金箔をはさみあげて、物静かに漆の上にそうっとのせた。私も息をつめ、その美しい金箔の輝きを見つめていた。またの日、父は私の目の前で、祠に飾りつける獅子頭や龍の彫物もしていた。

母は店で、肉親の死に嘆く客のくりごとを根気よく聞き、いっしょに涙を流し、客の告げる新仏《にいぼとけ》の戒名を書きとり、位牌を売り、仏壇を選んで商った。

幼い私がうっかり仕事場のかんなやのみをまたいでも、父は飛び上るような声で叱りつけ、女、子供が道具をけがすなと怒ったが、私が、新しいお堂や、奉安殿にこっそり入って、遊ぶことは大目に見ていた。

わが家にも神棚はあり、皇大神宮からお稲荷さんまでずらりと並んでいたし、仏壇もあったが、母はさほど、神まつりや仏の供養に熱心であるとは見えなかった。水や花や供物を祭る姿も、手の合わせ方も一通りであったし、子供の私たち姉妹には、それらを拝む躾をしようともしなかった。

人の死を商う暮しをしながら、仏を拝むことを子供にすすめることに母は無意識の恥を感じていたのではないだろうか。誰にも親身で親切であったが、信仰心の厚い人だったとは思えない。私は父が神棚の前や、仏壇で手を合わせている姿は、ありあり記憶にあるが、母のそういう姿はほとんど覚えていない。

私が小学校の六年頃のこと、父は伯母の家を継いだ。家族養子の形で私たちは夫も息子も失った孤独な大伯母の姓になり、三谷から瀬戸内に変った。

瀬戸内家は明治の初めからの熱心なクリスチャンで、祖母は夫や子供と共に早くから洗礼を受けていた。その頃、神戸に住んでいたが、年に一度くらい西洋人形や、ハイカラな洋服や手づくりのジンジャーケーキなどを土産に私の家にもあらわれた。

アーメンの神戸のおばあちゃんと呼んでいたこの人から、私はまだ見ぬ海峡の向うの文化の匂いをかぎとった。まるい小さな顔をつやつや光らせたこの人は、私の手をとって大正琴を教えてくれたりもした。そして必ず、大きな黒い聖書をひらいてどこか一節、読んでくれるのだった。最後に私に手を合わさせ、アーメンととなえさせた。おばあちゃんの読む聖書にも、御詠歌や、お経や、祝詞《のりと》や浄瑠璃の節に似た抑揚がついていた。「天にいます我らの父よ。願くは、御名の崇《あが》められん事を、御国の来らんことを、御意の天のごとく、地にも行はれん事を、我らの日用の糧を今日もあたへ給へ、我らに負債ある者を我らの免したる如く、我らの負債をも免し給へ、我らを嘗試《こころみ》に遇せず、悪より救ひ出したまへ」

祖母は私がいつのまにかそれをすらすらと口に出来るようになった時、涙を浮べて喜んだ。この子だけが瀬戸内家の信仰を継いでくれそうな気がすると父に語ったと私は聞かされた。

家から二丁と離れていない寺町の入口の角に、「おむつさん」と呼ばれる阿波狸の神さまをまつった祠があった。その祠の前に油揚屋があり、小さな三角のお供え用の油揚を揚げていて、結構、商いがなりたっていた。この女狸の神さまは、何でも願い事をきいてくれるというので町の人に親しまれていた。子供たちは試験が近づくとおむつさん詣りをした。私も三角油揚を買い、試験を祈ったり、友だちの病気の全快を祈ったりした。

こうして私は、神仏をなりわいの糧にする家業に育ち、雑多な神さまや仏さまとなじみながら、これという信仰もしらず女学校を卒業した。

小学校の時も女学校の時も、月に二度皇軍の必勝を祈って全校生徒で神社に参拝する行事があった。その時、大鳥居の外で、何人かの学生が固まって立ち止り鳥居をくぐらなかった。生理日に当った女生徒が軀のけがれのためつつしんで神前に立つことをはばかっているのだ。誰もそれを不思議とも奇異とも思わない習慣が浸透していた。

私がプロテスタント系の東京女子大を選び入学したのは、偶然にすぎない。女学校の廊下にたまたま張られていた東京女子大のチャペルの写真のついたポスターの美しさに魅せられたからであり、その頃の私は日本女子大と東京女子大の区別さえ、はっきりとわかっていなかったのだ。

四年間の東京女子大の生活の間、私は毎週土曜日の礼拝に出席し、寮でも割合真面目に夕拝に出席していた。安井哲学長の、

「在天の御父」

と呼びかける力強い祈りの声が土曜の礼拝の度、大講堂にこだましてひびくのを聞く時は、無条件で、頭が素直に下っていた。私のこれまで識っていた諸々《もろもろ》の祈りの様式のどれよりも、それは力強く雄々しかった。私は小柄な安井学長のどこからあれだけの声が出るのかと愕《おどろ》きながら、祈りとはこういうふうに正々堂々と、獅子吼に近いような大声で天地に向って朗々とあげられてこそ、神にも届くのだろうと感動した。

しかし、安井学長が、在天の御父なる神に戦場にある皇軍の無事と、天皇の健康をあわせて祈ったのには奇異の感を持った。私の中にはそれまでの教育や生活環境から、天

皇は現人神《あらひとがみ》という考えが観念というより無意識の意識として定着していたからである。私は安井学長の頼もしい祈りの声を聞きながら、なぜ全智全能の神は人間に戦争をさせるのかと不思議に思った。それは小学校時代から戦時という非常時を日常時として育った私に、いつからともなくめばえていた強い疑問であった。

私たちはいつでも町の神社に皇軍の武運長久を祈りにいったが、そのいつの場合も、戦争の一日も早く終ることは祈らなかった。勝たねばならぬ。絶対に負けてはならないのであった。右の頬を打たれたなら左の頬も打たせよと聖書に教えながら、どの教会も、戦争に負けても左の頬を打たせよと戦争に反対しないのが不思議であった。

在学時代に学長が変り、石原謙学長が就任した。石原学長は女の安井学長が男性的な祈りだったのと全く対照的に、実に静かな声でひそひそと、

「天にましますわれらの御父……」

という呼びかけで祈った。安井学長とはまたちがった真摯さで新学長の祈りも、如何にも天に届きそうに思われた。しかし石原学長の祈りの中にも戦争終結を日本が負けてもいいから一日も早く来らせたまえという祈りは聞かれなかった。

一週間に一時間の聖書の講義の時間もあった。しかし安井学長が朗々とした声で読みあげるコリント前書十三章ほど、心にひびく聖書の講義は聞いた記憶がない。

結局、私は在学時代ついに洗礼も受けなければ、教会に通うこともなく終った。

私がキリスト教系の大学に入ったことを誰よりも喜んだ祖母も、私に受洗をすすめる

こともなく、長い友情に結ばれた教会の長老たちの祈りの声の中に、八十幾歳かの生涯を不安なく閉じた。

私は在学中に結婚し、卒業をまちかねて夫の任地である北京へ渡り、娘を産んだ。内地との文通もほとんど不可能になりかかった中で、私は心細く娘を産んだが、間断なくさしせまってくる陣痛の中でも、何に向っても祈った記憶はない。二十二歳の怖れをしらぬ若さにあふれ、自身の健康を信じきっていた私は、五体満足な子供を無事に産むことが至極当然のように信じきり、ほとんど不安は抱いていなかった。

そして、私の予想通り、私は人より安らかに楽々とはじめての子供を産んでいた。不思議な生命の誕生と、そのおごそかな成長を目の当りにしながら、私はまだ、その生命が、いずこより来り、いずこに去るために、何によってもたらされ、誰のところにでもないわが腹を借りてわが胸に抱かれているのか、考えてみたこともなかった。小さな赤ん坊のくさめひとつにも一喜一憂して日を送りながら、私は何の惑いもなく、わが腕に抱く赤ん坊の存在感を受け入れていた。

夫の現地召集、終戦、引揚と、この子の誕生後は、目まぐるしい生活の変化に押し流されたが、そのどんな時にも、私は祈る神を知らず、尚、不安を知らなかった。

終戦の翌年八月、子供だけを背負い、全くの着のみ着のままの姿で引揚げてきた駅頭で、私ははじめて母が防空壕で母方の祖父と二人焼死したのを聞かされた。逃げれば逃げられた空襲の中で、母はもう逃げたがらず、たまたま病気していた祖父と共に自ら選んで焼死したらしい。神も仏もあまり信じていなかった母のこの世での最後の思いは何であったか、私には問わなくてもわかっていた。

私を溺愛し、まだ逢わぬ私の娘を更に溺愛していた母は、私と娘の名を呼び、俤《おもかげ》を抱いていたことだっただろう。しかし、母のその祈りに似た最後の声も願望も、私の夢の中にさえ伝わっては来ず、私は母の死を全く予知することがなかったのだ。

母の死に目に逢わず、母の死顔を見ていない私には、今もまだ母の死を実感と出来ないところが残っている。

母の死後数年たち、父は頭のてっぺんにこんぴら灸というのをすえたとたん、倒れて町外れの治療宿の一室で息をひきとった。このどこかこっけいな変死をとげた父の死に目にも私は逢うことが出来なかった。

その頃、私はすでに夫の家を出て、京都で京大病院の研究室につとめていた。実験用のシャーレや試験管を洗ったり、ヴイヨンをつくったり、実験用のラッテやマウスの面倒をみたりしていた。その頃から小説を書きたいと切に思いはじめていた。

私の父は、私が愚かな恋をして、夫の家を出た時、世間の親のようにさほど止めもしなかったかわり、

「お前は今日からはもう人の道をふみ外した人非人になったのだから、その覚悟をせよ。

どうせ、人外の鬼になった以上は、人情などにほだされず、大鬼になって思うことを貫け、そのかわり親も姉妹もないものと思ってひとりで野たれ死の覚悟をしろ」

といい渡した。事実、それ以後は文字通りの勘当をして、私に金銭的な援助は一切さしとめてしまったし、陽のある間は家に寄せつけたりしなかった。

私は歯ブラシ一本持って出なかったので、下着から一切、友人のものを借り着して暮し、配給帳もない暮しの中で栄養失調になり、はれ上ってしまった。その時も、実家には訴えず、父もまた風の便りにそれを聞いても葉書一本よこさなかった。

その頃の私の日記が、数年前見つかった。黄ばんだ大学ノートにとびとびの日付で記されたものだが、その中に、私はわれ乍《なが》ら愕くことを発見した。それはまるで自殺願望日記といってもいいほど、どの頁にも自殺のことしか記していない。その方法や、場所や、時や、あらゆる詳細な計画がたてられている。

私はそれを読みかえしながら、それを書いた日の出来事のすべてをありありと記憶の底からよみがえらせることが出来るのに、そこに書かれた自殺願望の切実な想いだけが、記憶の中からきれいさっぱり欠落していることに気づくのだった。

もしかしたら、その頃の自殺願望は私の自分への子守唄のようなもので、現実から一瞬でも目をそらせたいための自己救援の手段だったのかもしれないと思う。

その頃のある日、私は河原町の古本屋で三島由紀夫氏の『花ざかりの森』と、一冊の聖書を買っている。

二年に一度の平均で数えきれない引越をしている間に『花ざかりの森』は失くしてしまったが、聖書だけは今も持ち歩いてきた。戦後間もない頃の聖書らしく、粗末なもので、表紙は山と湖と白い道が描かれ、道にはイエスの時代の服装をした男が黒い驢馬に荷物をのせて旅をしている。絵の片すみに新約聖書とだけ書かれている。表紙の裏には、

1　ロマの教会

A　序

B　長所

1信仰　2従順　3善意　4知識　5訓戒し合う力

と覚え書めいて下手なペン字で書かれ、その下に、「悲しみつつ去って行った青年」とあり、署名がしてある。

その聖書のたいていの頁には、赤鉛筆で傍線がひいてあり、その赤の色も様々にちがっているが、読めば、私がひいたことを思いだす。しかし、ところどころ、黒いペンで線があるところもあり、それは私に全く記憶がない。おそらく、「悲しみつつ去って行った青年」がひいておいたものだろうと思う。

その後私はもっといい装幀の聖書も需めたが、座右に置いてあるのはいつでもこの聖書で、何となく手放せない。もうぼろぼろになっているが、私は聖書の句を思いだしたい時は、いつでもこれをひきよせている。

父を殺したのは私だという自責がある。父は脳溢血と結核を同時に患って、療養中だ

った。ストマイが闇値で漸く手に入る頃で、それを何十本とか打って、やや小康を得ている所へ、私がいきなり手紙を送りつけた。

父が死んでもし私にくれる財産があるなら、その半分でいいから今、くれないか、私は小説を書くため、どうしても上京しなければならないから、背水の陣を敷く費用が必要なのだというような内容のものであった。前途に何のあてもなく、自殺願望だけにとりつかれているような私の、冗談めいた父への軽い甘えにすぎなかったが、療養中の父はそれをまともに受け、たまたま投げこまれたちらしの広告をみて、町外れの宿屋に出張していたこんぴら灸にひとりで出かけていったのだった。父の病室の蒲団の下から私の手紙を発見した姉は、

「あんたがおとうさんを殺したんよ」

といって泣いた。父は私の小説が活字になったものを一字も見ず、町の噂になった不肖の愚かな娘を世間に恥じ、肩身のせまい想いのままで死んでいった。

父の死顔は、私も見ることが出来たが、父の臨終には立ちあっていないので、私にはやはり父の死が実感として胸に落ちつかない。父の死顔は生前より美しくおだやかで、それは私の知っている父ではなかった。私は母の時と同様、涙が出ず困った。

父の葬式の終った後、私は、父の手文庫の中から、半ペラの原稿用紙にあて字だらけで書いた父の小説らしきものを発見した。

未明の鳴門の桟橋につく船に乗っている十七、八の娘の描写ではじまったその小説の

時代は大正のはじめらしかった。親不孝な娘の書きたがっている小説というものをそんな形で理解したいと思ったのだろうか。小学校しか出ていない父の小説は、どこか鏡花ばりの美文調だったが、小説の体をなしていた。私はその原稿を読みかえしながら、はじめて涙がせぐりあげてきた。

父の死を契機に私は京都をひきあげ東京へ出た。京都では父の死の外、太宰治、林芙美子、宮本百合子の死を聞いた。何の生活のあてもない状態だったが、思いがけず少女小説が売れはじめたのでどうにか生計はなりたった。それからの数年は夢中ですごした。下宿のある三鷹から小学館のある水道橋まで、まるで通勤者のように毎日通い、仕事をもらってきては書き、自分で届けにいった。

下宿のすぐ近くに森鷗外と太宰治の墓のある禅林寺があり、太宰の墓の前で田中英光が自殺したことが、まだ記憶に新しい時であった。

私は毎日のように禅林寺へ行き、太宰や鷗外の墓の前で時をすごした。線路の向うの丹羽文雄先生の「文學者」の集いに参加させてもらうようになったのはその頃であり、河野多恵子さんが机一つしかない私の下宿に遊びに来るようになったのもその頃のことであった。

三鷹から、西荻、野方、練馬、目白、中野、京都と、それからの十年ばかり、私は目まぐるしく転居し、小説を書きつづけた。

恋もしたし、人とも別れた。いつでも私は精いっぱい、全力を尽して生きたつもりだったが、人に誤解されたり、愛しているのに結果的にその人を傷つけ裏切った形になったり、また時には予期せぬ賞讃をもらったりもした。

私はフルスピードで廻っている独楽《こま》のように自分を感じた。廻りはじめた独楽はどんなに速く廻ってもいつかは止るが、私はまるで永久エネルギーの電池でもしこまれた独楽のように、廻りはじめたが最後止らないようであった。

全速力で走ると人間は息切れがするものだが、私は走るのではなく自転しているので息切れする閑《ひま》はない。しかし、いつでも真空状態であるような気がした。

気がついたら、私は世間から流行作家と呼ばれていた。何というしいやらしい非文学的な呼名であろう。私は息苦しいほど書きに書いた。才能の濫費だと親身に忠告してくれる人もあり、馬鹿だとかげで悪口をいう人もいた。私は才能というのは使いすぎて枯れるようなものは才能ではないのではないかなど、愚かしくも考えていた。

人は読まないで私をエロ作家だとか情痴作家だとかレッテルをはった。私は自分をエロ作家だとはかつて一度も思ったことはないが、近松秋江や、岩野泡鳴を情痴作家と呼ぶ意味でなら、情痴作家という呼ばれ方はむしろ光栄だと思っている。切っても血もにじまないような知的小説を書く作家といわれるより、私は一生、情痴作家と呼ばれても悔いはないと、今も思っている。

毎月、中間小説誌に何百枚も書くような生活の中で、私は『かの子撩乱』や、『美は乱調にあり』を書いた。前者で岡本かの子を書き、後者で伊藤野枝を書いた。

かの子を書いたことによって、私は大乗仏教にはじめて縁を結んだ。かの子はキリスト教であきたらず、歎異鈔の悪人正機に救われたと思い、それから大乗仏教の研究に没入していった。何事にも徹底を期するかの子は仏教の研学も思いたてば、とことんつきつめ、大蔵経を読破している。かの子は親鸞の浄土真宗を選んで帰依していたが、研究の途上では、あらゆる宗派の学問を究めている。しかし、常に持仏として拝み親しんで守り本尊としたのは観音であった。

また天台哲学の煩悩即菩提の思想を重要視していた。

「煩悩とは昔の説明では迷いといたします。菩提とは昔の説明では悟りといたします。迷いがそのまま悟りであるというのです。わたくしはこの説明の言葉を現代向きに取り代えて煩悩とは人間のこと、菩提とは生命のことといたしたいのでございます。すなわち人間性がそのまま生命の表現であるといたしたいのでございます」(「光をたずねて」より)

という解釈をして、かの子独自の「生命哲学」なるものをうちたてていった。

私はかの子を書きあげた時、かの子の思想の根となっている大乗仏教の入口にも自分の勉強が到達していないことを恥じていた。他の事は自信があったが、事仏教に関してはかの子を十二分に理解しているとは思えなかった。しかし、その未熟だという自覚が、かの子によれば卒爾ならぬ仏縁であって、私の気づかぬうちに、私の心の底に沈潜し、私を根底からゆるがせ、うながす時の到来を約束していたとも考えられるのである。『美は乱調にあり』を書いた縁で私は野枝を知ったばかりでなく、野枝に影響を及ぼした大逆事件の管野須賀子を知り、野枝の影響を受けたやはり大逆事件の金子文子にめぐり逢った。この三人の若い女性は共に革命を志し、権力の暴虐によって若い命を無残に断たれた人たちである。

彼女たちの享年、野枝二十八歳、須賀子三十歳、文子二十三歳であった。

野枝は大震災の直後、夫の大杉栄と、甥の橘宗一と共に、甘粕憲兵大尉に扼殺されている。須賀子は恋人の幸徳秋水や大逆罪に連座した同志と共に女で只一人断頭台の露と消えている。

第二の須賀子になりかけた金子文子は夫朴烈と共にやはり大逆罪に連座したが、死刑の宣告を受けた後、罪一等を減ぜられ無期刑になったことを承服せず、栃木女囚刑務所で、自ら縊《くび》れて死んでいる。

私は彼女たちの短い生命の軌跡とつきあいながら、この様にしか烈しく生き、無残な死を迎えなければならなかった彼女たちの宿命を、いいかえれば、彼女たちの内側に、烈しく燃えさかり、どうしても消すことが出来ない炎、わが身を焼ききらずにはすまさないその炎の熱さに、自分もまた無縁ではないことを思い知らされたのであった。

管野須賀子は、獄中で刑死を待つ日々に、自分の死の意味は五十年後に認められるだろうと予言している。私はそのことばに行き当った時、深い身震いを禁じ得なかった。

彼女の死後五十年たって、彼女の霊が私に『遠い声』を書かせたとしか思えなかったからだ。野枝も、須賀子も、そしてその名さえ知られていなかった金子文子も、今、ふたたび、はるかな時空を超えてよみがえり、その生命は、彼女たちの死んだ時の若さのまま、激しさのままでわれわれに強く呼びかけてくる。『余白の春』で金子文子を書く時、朝鮮の山奥の朴烈の故郷を訪れ、山また山、谷また谷を越えて、淋しい寒村の山中に、夏草におおわれた土饅頭の文子の墓に詣でた時、私は誰が、何が、ここまで私を呼びよせたのかと天を仰がずにはいられなかった。因縁というものがあるなら、どのような深い縁で私は彼女たちの短い生と結びついているのであろう。

今年三月、中国を二十数年ぶりで訪れ、上海にはじめて行った時、私は『田村俊子』の中に書いた舞台をそこに見て、涙をとどめることが出来なかった。俊子が最後の日を暮したホテル、俊子が最後に黄包車《ワンポウツ》（人力車）の上で行き倒れた北四川路、そして幼なじみの久保田万太郎と共に元日の朝、キャセイホテルから見下した黄浦江の黄色い流れ。私は俊子の声が、

「瀬戸内さん、今頃来るなんて遅いじゃないか」とからかうようにいうのを聞いたように思った。

ああ、彼女たちの生命はいずこより来ていずこへ去っていったのだろうか。私はまた、

いずこより来て、いずこへ去って行くのであろうか。

かの子から、私は生命の流れは因縁的に不死不滅だと教えられていたが、それが、体験的に把握出来ていたわけではなかった。

人の肉体は死と共にほろびるが、生命は不滅だということが体験的に納得出来たのは、私の作品に書いたこの世での命短かった人たちから教えられたのである。

私は性こりもなく、恋を繰りかえし、人を愛してきたが、所詮人間の愛は、相手を幸福にしないのではないかという疑問も持つようになった。人間の愛は無償とみえ、無私をよそおうものほど、自己愛の満足にすぎないように思われてきた。親子の愛、夫婦の愛、友人の愛、恋人の愛、私にはどれもみな、相手にさも無償の愛を捧げているようにみせかけ、実は自分の欲望が損ねられると、たちまち憎悪に転ずるような愛なのではないかと思われてきた。だからといって、そういう人間を嫌悪しきれるわけでもない。人間の愚かさ、うとましさもすべてふくめて、人間とは何といじらしいかなしい存在であろうか。

私が出離の念に憧れるようになってから、ほぼ十年近い歳月がたっている。私はいつとはなく、仏教書を読むようになったが、最近の入門書のようなものにはどれも満足出来なかった。歎異鈔も碧巌録もそれぞれに感銘を受けたが、今の私には正法眼蔵が一番ぴったりした。「現成公案」や「出家功徳」は詩のように感じた。

「一生を夢幻にめぐらし、後世は黒闇におもむき、いまだたのむところなきは至愚なり。

すでにうけがたき人身をうけたるのみにあらず、あひがたき仏法にあひたてまつれり。いそぎ諸縁を抛捨《ほうしゃ》し、すみやかに出家学道すべし、国王大臣、妻子眷属は、ところごとにかならずあふ。仏法は優曇華《うどんげ》のごとくにしてあひがたし。およそ無常たちまちいたるときは、国王・大臣・親昵《しんじつ》・従僕・妻子の珍宝たすくるなし、ただひとり黄泉におもむくのみなり。おのれしたがひゆくは、ただこれ善悪業等のみなり。人身失せんとき、人身をしむこころふかかるべし。人身をたもてるとき、はやく出家すべし。まさにこれ三世の諸仏の正法なるべし」

「まことにその発心得道、さだめて刹那よりするものなり」

「いたづらに光陰を貪欲のなかにすごして出家せざるは、来世くやしからん」

「しるべし、剃髪染衣すれば、たとひ不持戒なれども、無上大涅槃の印のために印せらるるなり。ひとこれを悩乱すれば、三世諸仏の報身を壊するなり、逆罪とおなじかるべし。あきらかにしりぬ、出家の功徳、ただちに三世諸仏にちかしといふことを」

こういうことばを繰りかえし誦するうち、私はことばに酔わされたのだろうか。出家が少しも怖れのないものになっていった。

肉親といっては只一人の姉しかいない。姉は私に出家の志を打ちあけられた時、即座に膝を打たんばかりにして賛成した。家業をつぎ、日夜、仏壇を売っている姉は普通の人より仏縁には馴れていたのだろうか。ところがいよいよ、その日が近づいてきて、私が当然のように剃髪するのだといった時、誰よりも愕き、悲しんだのがこの姉であった。

有髪でもいいのにと姉はいった。しかし私は出家するという考えを持った瞬間から、当然剃髪した姿しかイメージとして描いていなかったので、有髪などということは考えられなかった。女が髪を断つということは、平安の昔ならずともまだ一種の自殺に近い悲壮さがある。だからこそ、覚悟も定るというもので、私のような凡俗の人間はそこまでしないことには心底が洗えないと思った。

私の髪は人一倍のびが早く、切っても切ってもいつのまにか腰をおおっていた。パーマもかけず、つげの櫛だけでくしけずってきた。その髪を断つということは、仏に対する何よりの決心の証しになると思った。

一切衆生悉有仏性《いっさいしゅじょうしつうぶっしょう》。私の出家も許されていいではないか。

私は、自分の出離の希望を、もう三年前に東慶寺の井上禅定師にも話していたし、最近では大覚寺の味岡良戒大僧正にも御相談している。それが今春聴大僧正の戒を受ける結果になったのも、また今師が御病気で実際の戒師は上野寛永寺貫主杉谷義周大僧正にしていただいたのも、すべてこれ、はからざる仏縁としか考えられない。法華経は仏教の思想体系の中で最も現実に進出し、人間生活に直面した思想を説いた経文だとかの子が説いている。大文学であり、戯曲的であり、色彩華やかなこの経文が中国へ渡り、科学的に組織し直されたのが天台哲学であり、更に日本へ渡って、尖鋭化されたのが、比叡山の伝教大師の日本天台哲学だと聞いている。古来、大宗教家はたいていはじめは叡山で天台学を修行した後、独自の宗教をうちたてている。法然も親鸞も、一遍も天台から出ている。私も仏教のいろはを、まず叡山へ上り天台学から教えていただこうと思うのである。

刹那の仏縁に感応すること。私はその刹那を摑みとったことを、今、心から有難く幸せだと思っている。

（「文藝春秋」昭和四十九年一月号）

恋の重荷

この向う崎《さき》なり　昏《くら》き灯《ともしび》ひとつ　海峡を翔《と》ぶ

さいはての岬《みさき》の濃い黄昏《たそがれ》の中に立って、私は刻々に闇《やみ》の色を増す海を見つめていた。北国の秋は深く、すでに風にも海の匂《にお》いにも、冬の気配がしみていた。

十月の中旬だった。あと一カ月ばかりで、今の自分に別れをつげるのかと思うと、すぎてきた歳月のすべてが文字通り夢のような気がする。

人は死の瞬間に生涯の日々が一挙に目の前を流れ去ると聞いていたが、私の目の中にはもうこのことの日取りが決ってから半月の間、実に緩慢に、すぎてきた日々がよみがえっていた。

全く忘れさっていたようなことがらや、人との会話が、仕事をしている最中にも、いきなり目の中にあらわれたり、耳によみがえってきたりする。ああ、あれはそういうことだったのか。あの時のことばはああいう意味だったのか。私はひとつひとつに新鮮な愕《おど》きを感じながら、それらの過去をなつかしむ。

感傷はとうに切り捨ててあった。昨日今日思いたったことではないので、断つものに対するみれんはもうない。みれんが断ちきれないために、思いたちながら、今まで、それが決行出来なかったのである。

しかし、みれんは永久に断ちきれないとしたら、思いきって、目の前の波に身を躍らせ、みれんの境《さかい》を飛んでしまうことの外、逃れられないのではないか。この浮世に生きていくために、人間はあらゆるみれんをひきずって歩く。それを仏教では煩悩と呼ぶ。みれんが断てたから出家するのではなく、断てないとみたから、私は出家を選んだというのが正直のようだ。

私は暗い波を見つづけながら、闇の彼方にあるものを思い描いてみた。はかない色を滲《にじ》ませ、漁火《いさりび》がひとつ海に浮んでいる。迷っていた私の魂のように見える。

ふと、迷っていたと、過去形を使っていることに気づく。肉親は泣き、旧い友人は遠路はるばる訪ねてきて、泣いて止めようとしてくれた。なぜそういうことをしなければならないのか。それだけの決心があれば、何もそこまでしないでもいいではないか。あるいはまた、最も身近だった先輩は忠告してくれた。形などどうしてかえる必要があるか、あなたにどうして女が捨て去れるものか。全う出来なかったら、それこそ、どんなにみっともないことになるか。

私はもうそのどれにも答えなかった。すでに私は昏いこの海に似たものを渡ってしまっていたのだ。

あれは三年前の四月十六日、田村俊子忌の日であった。北鎌倉の東慶寺、駈込寺で名高いこの寺の門を入るとすぐ左側の塀ぎわに二本の桜が立っている。昭和三十六年の四月十六日、第一回田村俊子賞が決定した時、私はこの寺のこの庭で、折からの春の満開の花々に囲まれて受賞した。

その日は、俊子のささやかな文学碑も、この境内に建てられた日であった。

その日の記念に私は二本の桜を植えさせてもらった。八重と鬱金《うこん》の二本で、それが桜の中でも遅咲きなので、俊子忌の頃に花が開くだろうと教えられたからであった。

東慶寺の井上禅定師は、冗談に、晴美桜と名札をぶら下げてあげようかなどと笑っておっしゃったが、私は心の中でそれを俊子桜と呼んでいた。二本の桜は、年々にのび、約束通りに春がくれば鮮やかな花を開かせた。

十年たった今では、植えた時の倍近くも大きくなっている。満開の桜の下で、三年前のその日、私は井上禅定師と、武田泰淳氏と三人で立っていた。式が終った後だったか、始まる前だったか忘れた。何故か、その時、まわりに誰もいず、三人だけになっていた。

「大きくなったね」

と武田泰淳氏が桜を見上げていわれた。それを聞いたとたん、何故か私には、このお二人なら、相談した方がいいという気持がつきあげてきた。まだ、誰にも、具体的には打ちあけも相談もしていないことだった。

「私、出家したいんです。そのことで御相談にのっていただきたいんです」

お二人とも愕いた表情は全くなかった。私の声も至極平静だったからかもしれない。

「まだ早いよ。もったいないよ」

武田氏が言下にいわれた。声は落着いた普段の調子だった。

「そうだなあ、まあ、そのうちに」

井上禅定師もおだやかな声でそういわれた。

誰かが呼びに来て、私たちは桜の下を離れた。

昨年夏、建長寺で夏季大学があり、その講師に禅定師から話があり、私はそれをつとめたが、その折も私は桜の下の話をくりかえした。それからもう一度電話でその件につき話したと思う。その都度、禅定師は、深くうなずいてくれたが、そのうちにというお話であった。

「終《つい》の栖《すみか》の件については、またそのうちに」

ということばが印象的だった。その頃、私は出家ということと尼寺を結びつけて考えていた。京都や奈良の尼寺のすがすがしいたたずまいが私の念頭にあった。

その後、日頃お親しく願っている京都大覚寺の味岡良戒大僧正に私の気持を打ちあけ、具体的なことを御相談したことがあった。その時も、ある尼寺の話が出ていたが、良戒師は、私の出家にはいたく賛成されながら、尼寺の話には異を称えられた。私は良戒師の、一言、二言ですべてを察し、即座に悟った。

出家と寺を離すべからざるものとして考えていたことから解放された。

「あんたには蓮月尼のいき方がよろしかろう」と良戒師がいわれた。庵を持つ。寺には入らない。その生活設計が出来たとたん、私は出家が今までよりはるかに身近なものに思われてきた。もともと私は、出家と同時に放浪に憧れたのであり、一遍上人が最も親しまれ好きなのである。西行と二条にも強く憧《ひ》かれている。

西行がすがりつくわが子を縁側から蹴落して放浪の旅に出たということが、本当かどうかしらないが、この頃ようやく、その西行の気持がうなずけるような気がしていた。『源氏物語』を愛読し、『とはずがたり』を三度も訳した私にとって、出家は一般の現代人が考えるほど奇異な縁遠いものとは思えないのであった。かねがね美しい、人に迷惑をかけない年のとり方というものについても考えるようになっていた。美しく死ぬことより、美しく老いることの難しさを、私は身近の年寄りたちの中にも多くみせられてきた。

かつては三島由紀夫氏のように夭折に憧れたこともあったが、私は夭折は天才のみに与えられるものと思っていたし、四十歳をすぎてからの自殺はどんな理由をつけようと見苦しく醜いと考えていた。

私は自殺願望の強い人間だが、もう自殺の時機はとうに失っている。生きながら自殺し、再生するには、出家しかないではないか。

さいはての海は昏く、視界はいっそう闇に塗りこめられてくる。

なぜ私は仕事が山積している仕事場を誰にも行方をしらさず逃れでて、この浮世での最後の旅に出発してきたのだろう。

最後に相談にいった時、今春聴大僧正はいわれた。私のことばは短く何の説明もなかった。今師の東京のマンションの仕事場で、私たちふたりきりだった。九月の中旬のことだ。

「出家したいんです。させて下さい」

「そうか……そこまできたのか。あんたのことだ、考えぬいたにちがいない」

今師は瞬時、私の顔をみつめておられたが、ぽつんと語をつがれた。

「急ぐんだね」

「はい」

としか私は声が出なかった。涙があふれそうで私は歯をくいしばっていた。一部の週刊誌に伝えられたように、今師が私のことばを信じられなかったというのは全くの誤伝である。むしろ、拈華微笑《ねんげみしよう》的な一瞬の理解と了解が成立していた。師も私もしばらくことばもなくそこに向いあっていた。やや、しばらくたって、

「お前さん、それで下半身はどうする？」

「断ちます」

「うん、そうか、わかった。髪は？」

「剃《そ》ります」

「剃らなくともいいんだよ」

「はい、でも剃ります」

「わかった」

会話はそれっきりだった。私たちはそれから小説の話をした。いつでも文学の話になると、青年のように若やぎ、シリアスな口調になる方であった。私は度々の講演旅行で今師に同道したが、その道中も車の中でふたりだけになると、話はきまって文学のことであった。土佐の宿で、私はふとした座興にま新しい長襦袢の下前に、師に墨痕を揮《ふ》るっていただいたことがある。師はサフラン色の長襦袢をひろげて問われた。

「何と書く？」

「恋の重荷」

その場で、艶やかな中にも品の高い墨の色が、布を染めていった。私はそれを京都でしっかい屋に蒸してもらい、色止めしてもらっている。

恋の重荷を下ろす時がきたのだと、私はあの墨色を思いだした。政治はやっぱり下らなかったと、師はしみじみいわれた。私はそうでしょうと笑った。もう出ないからな、やめたよ。よかったですね。そんな話のあとで、師は私の姉はどういったかと訊かれた。

賛成しましたというと、

「ほう、えらい姉さんだ。やっぱり商売柄だろうか。しかし、あんたが剃髪する時はきっと泣かれるよ、肉親であの時泣かない人はいないのだ。わたしでも、あんたの剃髪を見たら、きっと泣くだろうな」

師の大きな目に、すでに涙が滲んでいた。私は何かいえば、涙が出ると思って黙っていた。

九月の末、もう一度師のマンションを訪れた。今度は夫人と三人でお逢いした。

事務的なことの打合せで、法名のこと、日取りの事、世話人のこと、式の準備、心得等、一挙に具体的な話になった。その後、小川軒でお昼を御馳走になった。ほがらかで健啖で、師は終始この上なく陽気で周囲を笑わせながら食事をされ、帰りに、同窓会の流れらしい奥さん連中をからかい、笑わせた。

それから数日、私は終始、法名のことばかり考えていた。一番好きな字を選んでおくようにといわれたからだ。春か、聴の一字をいただくとしても、私は聴以外に考えられなかった。ところが聴という格調の高い字に負けない文字がさてとなるとなかなかみつからない。辞書ばかり眺めたり詩集を開いたりするが、これという字にゆき当らない。名のきまらないままに月を越えた。

京都にいた私のところに東京の今師から電話があった。

「式の日取りが決ったよ。十一月の大安のうち、二日と、八日と十四日が、寺で都合がつくという。あんた、どれがいい？」

「二日は無理です。八日か、十四日なら」

結局、みんなの都合のいい日は十四日しかないという。日が決ったのだ。

電話を切ったとたん、私は、その場で子供のように喊声《かんせい》をあげて飛び上った。たまたま、居合せた来客が愕いて、何かあったのかと訊く。私はちょっと、ある重要な事の日取りが決ったのでとだけいった。

これまで以上に、その瞬間から、得度がいよいよ現実味を帯びて私をとり囲んできた。

それからは急に忙しくなった。もうその日までに四十日となかった。森忠さんという天台系の法衣屋さんが来てくれて寸法をとった。遅いので有名な森忠さんが、その日までに必ず間にあわせてくれるという。

山口晃岳氏が打合せに来て下さる。

「なぜ、また、そんなことを」

と山口氏から理由を訊かれる。私は笑って答えなかった。山口氏も二度と訊かれなかった。

すべての事務が一切終った頃、八尾《やお》から電話で今師が法名を伝えて下さった。

「あれからわたしもずいぶん考えたけど、なかなかいい字がないから、とうとう今朝、座禅を組んで二時間祈ったら、寂の字が浮んできた。寂聴はどうかね」

「寂聴、結構ですねえ、いいですね、どうして、今までこの字が思いつかなかったんでしょう」

「いい名だね、よかったよ、お前さんがそんなに喜んで」

「ありがとうございます」
その頃、少しお疲れが出ていると山口氏から伺った。でも電話で師は、いや、大したことはない、腹が痛かったけどもう治ったと、軽くおっしゃった。私はうかつにもそれを信じていたのだ。

それから、急にひとりの旅に出た。心を定めるためではなく、自分をふりかえるためであり、大事に臨む前の精神統一のためでもあった。寒い北国を選び、一気に飛行機で東京を逃れ、また車に乗って、はるばるさいはての小さな漁村についた。そこでは誰も私を知らず、誰も私を疑わず、がらんとした宿の大きな部屋に一人泊めてくれた。

二、三日私は海を見つめて、ひとり暮した。長い突堤のはしで赤い釣竿をたれている兄弟の少年の横に坐って、決してかかって来ない魚を待って半日も日をすごしたりした。村の背後の丘の上の墓地で、無縁仏の数を数えたり、野菊をつんで、占うあてもない花占いの真似をしたりした。

心は洗われたが、私はその旅で流感を土産にもらって東京へ帰った。わずか四日の旅のため、私のスケジュールは一層殺人的になっていた。三十八度もある高熱と、たえまなく出る咳《せき》に消耗しきりながら、私は一日も休まず仕事をしつづけた。

出家する前に私は倒れるのではないのかと思われた。その間に京都の家の始末が重なった。来る時は、何もかも襲いかかってくる。こうなればもう運命との根くらべと思ってがんばった。ただその間に一年間連載をしていた文芸雑誌の小説『抱擁』が脱稿した。係りの編集者にその原稿を渡した時、私ははじめて感傷的になっていた。御苦労さまでしたと折目正しい挨拶をしてくれた後で、その若い人は私に不思議そうにいった。

「この小説、何だか宗教的な匂いがしますね。ずっと、そんな感じがしていたんです。こんな感じ方、おかしいのかなあ」

「あら、そうですか、変ですね」

私はぎょっとした表情をさとられまいとして、つとめてさりげない声を出した。

「でも、もうこの小説が書けたら、死んでもいいと思ってたから、これでいいわ」

私は、筑摩書房が昨年、全八巻の小説選集を出してくれた時も、嬉しさのあまり、もう死んでもいいわと近い人にいった。

「だめですよ、そう簡単に死なれちゃあ」

若い編集者はさわやかな声でいい、最終回と書いた原稿を持って、立ち去っていった。もう深夜で、十一階のアパートの窓から見下ろす東京の町は、北国のあの昏い海に似ていた。

ビルの谷間をかけぬけてくる風の音がその夜も凄まじいうなり声をあげ、窓をめがけて押しよせていた。

得度式の前日、ぎりぎりまで私は仕事に逐《お》われていた。自ら需《もと》めた道であるし、誰に強いられたわけでもない自分の仕事のスケジュールであった。

私はもうこれが最後と自分にいいきかせながら、その辛さに耐えた。私はこれまで仕事が辛いなど、一度も思ったことがなかった。しかし、この時だけは、仕事とはこんなに辛いものかと思った。心に重大な秘密を持ってそれをけどられまいとして、身辺整理することはつくづくエネルギーが要る。それは想像以上のものであった。

それでも、まだ、得度式に要するエネルギーはこの程度のものではないのかもしれないと私は考えた。日は刻々に迫ってくる。

そんな頃、今師の容体がお悪いと伺った。私はもう目前にその日をひかえて、師のマンションにかけつけた。あの決心を打ちあけて、三度目の訪問である。この日も夫人が在室されていた。

師は寝室でベッドに寝ていられた。入っていって、お顔をみたとたん、私は得度式に出席していただけないことをさとった。

「先生、大丈夫ですから、ひとりで行って、代りの方に得度させていただきますから、どうか、このまま御養生下さい」

「そんなやさしいこといってくれて」

今師と私は万感胸にせぐりあげてきて、それ以上のことは何もいえなかった。それから二時間ばかり、今師は急にお元気になり、日頃の冗談をとばしつづけ、見舞客をびっくりさせたり笑わせたりしつづけていられた。

「ではいってまいりますから」

私が師の傍によってお別れをつげた時、師は私の手をとって、

「祈っているからな、ここで、何も心配せず、すべてまかせておくんだよ」

といって下さった。廊下の外に出て、抑えていた涙があふれてきた。

まかせておく――み仏にであろう。

一瞬もためらわず、一度も疑わず、私の得度をつとめて急いで下さった師は、無意識のうちに御病気の進行を予感していられていたのだろうか。

「得度式の場へはジャーナリズムなど一人も入れないからな、わたしがついてるから、そんなことさせるもんか、安心してればいい。写真なんかとってみろ、どなりつけてやるからな」

そう約束して下さったのに、その日はすべてが、その反対になってしまった。

私はずらりと並んだカメラをみながら、ああ、先生が御病気で、これを見ないでよかったと思った。怒りのあまり、またどなりつけたりしたら、御病気は進行しただろう。

或いはおだやかに終らなかっただろう。

その日、私は、志ま亀の女主人、武内俊子さんが選んでくれた鶯色の色留袖を着ていた。帯は雲模様の佐賀錦。下着も一切、志ま亀さんと相談して選んだものだった。夫人は、この着物を何か私の祝事があり、調えたものと思いこんでいられた。私は仕事を持つようになってから、自分の紋をつくっていた。家の紋は鬼柏だが、私は平安の女流の

文才にあやかって、檜扇を二枚、蝶のように組ませてあった。私のこの道楽も、

「ああ、紫式部や清少納言さんにあやかるんですね」

と即座にみぬいてくれた志ま亀の女主人に、得度の式に着たといったら、どれほど喜んでもらえるだろうか。それとも涙もろいあの人はどんなに泣かれるだろうか。

その朝、晴着を着つける鏡の中には中尊寺の紅葉が燃えさかっていた。紅葉の中に映った私の顔はわれながら晴れ晴れとしていた。

晴着を着終って、私はひとりになり、静座した。寂聴という法名を祈ってくれた師の心境に近づきたいと思いながら、入院された師の容体を祈った。たったひとつしか空でいえない般若心経を心をこめてあげた。

「お式のお時間です。本堂へ御案内します」

襖の外へ坐る人の気配がして、声が静かにうながした。

（「週刊新潮」昭和四十八年十二月十三日号）

世外

頭の冷さで目を覚す。一晩中暖房を止めていた部屋は、湖水の底のように冷えきり、頭は冷さを通りこし、ひしひしと痛い。人より長い髪を持っていた頃、目が覚めると、髪はたいてい肩や背に敷きこまれていて、ひき吊れて痛かった。夢うつつの中で腕がのび、浮かした肩の下から髪を引きだし、枕の外に、濡れた布のように押しひろげて、またうとうとと眠り直すのが常だった。長い間のその癖が自然に出て、寒さの痛さを、髪の痛さと錯覚し、無意識に腕がのびる。指が頭に触れた瞬間、はっと身をおこす程の愕《おどろ》きと、高くなる胸の動悸にはまだ馴れない。あれからもう、百日も経つというのに。闇に目を据え、戸外の気配をさぐろうとする。

今朝も雪が降りしきっているらしい。昨年の暮、この洛北の仮寓に移って以来、ほとんど毎日のように雪に見舞われている。ここは古都の鬼門といわれる比叡山の麓で、名にし負う比叡おろしをまともに受ける、京都でも最も寒い土地柄なのだそうだ。市中が晴れている日でもこのあたりは雪が降りつむ。

家の背後は、叡山の裾に生れた小さな山の背にさえぎられていて、北窓をあけると、山の樹々が額に迫る近さで立っている。山は無数の赤松におおわれていて、人の背丈ほどの灌木や雑草がすがれきり、樹々の裾を埋めつくしている。まれに風のある日は松籟《しょうらい》が鳴り、ふと、海辺にいるような感じがする。晴れた日は山鳩が窓近く哭《な》く。

頭の冷さから、今朝の雪は深そうだと思うと、私は床の上に立ち上りざま、天井の電燈のスイッチをひいておき、すぐまた寝床にもぐりこむ。その瞬間、寝床の裾の簞笥にはめこまれた姿見の中から白衣の寝巻に、青い頭の、どこか子供っぽくなってしまった自分の姿を窺うのが目に入る。照れ臭いような苛立たしいようなとっさの感情が走り、軀が熱くなる。

たった今、確めた現在の自分の顔は、まだどこか馴染みきらないのに、さて、有髪の自分の顔は、招かれなければもうとっさにはあらわれなくなってしまっている。やはり百日の経過はあったのだ。

髪のある自分の俤《おもかげ》は、軽いなつかしさと、同じ程度のうとましさを伴った感懐を呼びさます。別れた男の俤を夢に見た時の気持にどこか似ている。どうなつかしくても、それはすでに訣別してしまった俤であり、葬り去った顔なのであった。私は自分の昔の顔が妙に纏綿《てんめん》として消え去ろうとしない朝は、その顔を黒い額縁におさめ、黒いリボンで飾ってやったり、その顔を棺におさめ、白い花でまわりを埋めつくしてやったりする。それを見る私の目の色を、もうひとりの私がいて、見ている。

天井から下った電燈の笠の内には、真赤な薔薇の花が油絵具で描きつけられている。

この家の電燈の笠は、床の間のある階下の六畳を除いては、茶の間も台所も廊下も、みんな同じ椀形の乳白色の古風なもので、その内側にそれぞれ赤い花がべっとりと描きこまれているのだった。椿、芥子《けし》、ダリヤ、どの花も毒々しいほどの血の色をしている。これはこの家の先住者の夫人が描き残していったものなのだ。

この家は元来N老人の持家で、N老人がかねがね折合いの悪かった夫人を別居させる目的で買い需《もと》めたという曰く付きの家だった。

あれは一昨年の初夏だったか、突然、老人から電話がかかってきた。

「ごめんやす。静かな仕事部屋、探してられてるって聞きましたけどほんまどすか。ほならちょうどええとこがおますのや。とにかくいっぺん見とおみやす。そら、もう静かなとこどっせ、夜になったら、蛙《かわず》の声が家のまわりに仰山聞えてきますのや。蛙の声どっせ。今時、京都の町の中で、蛙の声聞けるとこが、ありまっしゃろか。儂《わし》もびっくりしましたわ。場所どすか、修学院の近所どす」

N老人は、私の返事もよく聞かず、それから三十分後には、車で誘いだしに来た。その頃の私の家は西の京にあり、その家がそもそもN老人から半強制的に買わされてしまった家なのだった。

西の京の家へN老人に案内されたのは八年前のことになる。たまたま京都を講演旅行で訪れた時だった。主催者側の宴会が長びき、どうしてもその日のうちにというN老人につれられていった時は、もう深夜の十二時頃になっていた。

西の京の広い御池通りは森閑と静まりかえり、人っ子ひとり通ってはいず、銀河の下に、夜の川のように、闇をたたえてはるばるとのびていた。まずその通りの静かさに私は捕えられた。どっしりした門構えの家は、仰々しすぎ、N老人が、次々灯りをつけていくにつれ浮びだす部屋は、いくつあったか忘れてしまうほどだった。畳も建具も入ったままの無人の家は、何だか亡いなきがらを撫でているような、ひんやりした薄気味悪さがあった。「化物屋敷のようですね」と口にしたとたん、ことばの不気味さとは別に、なぜか私はすっとその家に惹きつけられてしまった。ここに住むことになりそうだという実感がなまなましく私の胸に落ちた。「嫌なことおいやすなあ」老人は明らかに不機嫌な声で私をなじり、家の木材《きざい》の好さ、建築のたしかさ、建具の上等さなどをせきこんで話して聞かせた上、

「何も無理に買うてもらわんかてよろしいんどっせ。現にガソリンスタンドにするいうてやいのやいのいうて来てますのや。ええ値どっせ。そやけど、この家こわすのがどう考えても冥加が悪うてかなわんさかい、おすすめしますのや、あんさんなら大事に住んでくれはりますやろ、家にも命があったら、ここでこわされてしまうのはいややいうて泣きますやろ、わしにはその声が聞えてきますのや」

という。冥加が悪いという古風でなつかしいことばがまた私を惹きつけた。

その頃私は中野のもと質屋だった蔵のある家に男と住んでいた。お互いが傷つけ合うだけの愛の末期の地獄の中にいて、私たちは互いの踵にとりつけられた鎖の重さによろ

めきながら、それを断ちきってくれる何か奇蹟のようなものを待ち望んでいた。

男が造り直してくれた蔵の二階の書斎の中に、囚人のように自分を縛りつけ、せまい窓の鉄格子に向って、私は終日坐っていた。髪を逆立て、青黒い顔に目を血ばしらせ、あさましい鬼のような顔になって私は男との暮しをささえるため、身分不相応の家賃を払うため書きつづけていた。毎晩正体もなく酔って帰ってくる男を珍しくなじった朝、男は宿酔のむくんだ顔をそむけていった。

「この家へ入るのに素面で入れると思ってるのか。あなたが仕事している時、家の中へ一歩入ると、空気は堅い硝子のように冷く張りつめていて、人をはじきかえすんだから」

ああ、この男とも愈々《いよいよ》別れる時が来たと思った。それまであれこれ聞いたいいわけや厭味よりも、男のいう硝子のような空気の堅さと冷さが私にも肌に感じられる実感として伝わってきた。

京都の旅から帰り、御池の家を買うことにしたと告げた時、男は血のひいた顔になって声も出さなかった。男に任せきっていた私のお金は、家を買う五分の一にも足りないという。断わりに京都へとんぼ返りした私を、N老人は強引に銀行へひっぱっていった。

やがて私は八年間の重い借金と引きかえに、化物屋敷にひとり移った。男とは別れた。

移ってみたら御池の家は早朝から夕方まで、ひっきりなしに前の大通りを車が走り、とても仕事の出来る家ではない。私は京都の家に留守居の少女を三人も置き、自分は東京のアパートの地下室の仕事部屋で暮し、てんやものばかり食べるという常識外れの採算の合わない暮し方をつづけ、物嘲《ものわら》いになった。行き当りばったりで衝動買いをしたり、気分で後先の見境いなく人にものをあげてしまったりするのは、ひとりで暮すようになって以来、いつのまにかついてしまった癖だった。浪費家で無計画で引越気違い。私の暮しぶりはいつでも八方破れの破滅寸前だ。私が結婚していた頃、夫の少い給料をいくつもの封筒に使用別にわけておき、家計簿を丹念につけた家持上手の妻だったなど話しても、今では誰が信じてくれよう。

人生で浪費の最たるものは引越である。これは年の数の半分は引越している経験者の私は断言出来る。なぜその馬鹿を繰りかえすのか。私は安定や安住にがまんならない。安定の中にあぐらをかく風俗な幸福のいやらしさ。馴れや妥協が自分に許せない。安穏な炉辺の幸福に自分がよりかかるのが許せない。生活の垢をある日、ある時、かき落し、きれいさっぱり生き直したい。

そよがない空気、澱んだ水、燃えない火、沸騰しない湯、震えを忘れた神経、輝きを失った情熱、そういうものに私はがまんがならない。せっかく手を尽し、金をかけ、ようやく住み易く、暮しに便利に整えたばかりの棲い。今度こそ居つくだろうかと人が思いはじめた頃、もう御し難い次への引越病に取りつかれている。一所不住。私には三年も住めば、その家や土地の精気を吸いつくし、そこにあるのは死んだ住いのような気がしてくる。未知の暮しを開拓する困難とわずらわしさよりも、未知の暮しがもたらしてくれるかもしれない愕きや新鮮さの方に惹きつけられる。そうして又しても私は莫大な物質的損失に貴重なエネルギーの浪費を加えて、性こりもなく次の引越へふみきってしまう。

今度の出家にしても、この生来の引越病の一つの表現かもしれない。浮世から世外へ。

N老人に案内されて、この家へ来た時、N夫人は長い旅に出ていて留守だった。N老人のあけてくれた家の中は湿っぽく暗く、めいりこむような陰気な空気がみちていた。電燈の光りもまるで煤けたランプのように昏い。二階をあわせて小さな部屋ばかり四間の家は、無駄なく設計された建売住宅だ。

その時、暗い床の間の壁に埃っぽい油絵がかかっているのに気がついた。見れば壁という壁に、大小の絵がキャンバスのままむきだしで掛っている。その絵はどの一枚もすべて、炎で描いたように真赤だった。風景も静物も花も、人物も。N夫人の手すさびだという。

「おかしな奴どすね。何でこんな火事みたような絵ばっかり描きよるんか、気がしれまへんわ。あれが絵描いてるなど、儂はついこないだまで、ぜんぜん、知らしまへんどした。人はみかけによらんもんどすなあ」

私は一度だけ逢ったことのある小柄な肩の薄い、つつましいN夫人の上品な顔を思い浮べた。目を伏せたきりで、相手の顔も見ないような、みるからに内気そうなN夫人の胸の中にも、こんな激しい焔がかくされているのか。七十歳になるまで、女道楽の絶えたことのないというN老人の、名だけの妻の位置を五十年近くも守り通してきたN夫人の、きゃしゃな軀の中の怨念の炎が、昏い家にこもって火をふいているようだった。

それからほどなくN老人が大病に倒れ、わがままな病人の世話は誰からも逃げられ、結局、仲の悪いN夫人に廻ってきた。N夫人はN邸へ十何年ぶりかで引き揚げ、赤い絵の家は空家になっていた。

縁があったのか、一度見ただけのこの家に、得度後の身を寄せることになった。今度の引越でも、私は無計画この上なしをさらけだし、新しい庵を建てるのと、旧い家をこわすのと、順序をとりちがえ、逆にしてしまった。家はとうにこわしてしまい、新しい家はまだ取りかかってもいない。終《つい》の栖《すみか》が出来るまでの間、私は止むなくこの家に仮住いを強いられている。終の栖。まだ工事もはじまっていない嵯峨野に建つ筈の小さな庵を私はつとめて、そう呼び習わしている。ことばの暗示で、私の果てしもない引越をそこで打ち止めにしたいとでも思うからなのか。暗示にかける必要を認めるのは、とうていその家が終の栖で終りそうもないという予感を、すでに私が感じとっているからかもしれない。

終の栖は、そこで人生の終りを迎える死場所、いわばこの世の墓である。私の庵がなかなか着工の運びに至らないのは、私の描くイメージでは京都の風致課で、許可しないという奇妙な現実にぶつかっているからだ。まだそれでも大きすぎると私が文句をつける建築家の描いた設計図を見て、風致課の役人は、みすぼらしすぎると文句をつける。

嵯峨に建ちつづけるあの成金趣味の家々をよしとして許可する風致課の低級な美意識と闘う努力が、今の私には面倒でやり甲斐のないことに思われてくる。

小説家は家を持つなど論外だし、建てるなどいっそうもっての外だというのが私の長い信念だった。文士は安穏であったり、幸福であったりしてはならないという時代遅れな観念に、私はまだしっかりと捕えられている。もののはずみで持ってしまった西の京の家の借金を八年がかりで払いつづけ、ようやく自分のものになるまで、私は通算、一年と、その家で眠っていないことがわかった。家を持ちながら、私は相変らず、めまぐるしく仕事場を変え、旅ばかりしてきた。

いつのまにか、物に囲まれ、情に囲まれている自分を見出す時、私は何に対してか落ちつかず、苛立つのだった。二十数年前、路上にオーバーをぬぎ、マフラーを畳み、身ひとつで、無一文で、電車の線路を歩いて家出した時の、灰色の厳寒の風景の自分の背が、目に見えてきて私はいたたまれなくなる。子供を置き、夫の家を出て以来、私は決して幸福になってはならないと自分に罰を課しているのかもしれない。人生の岐れ路にさしかかる度、私は目を閉じて危険な道を選ぶ。目を閉じるのは、危険な前途が真実怖いからだ。それでも私はやはり危険な道を選びとる。ある時は、断崖から飛んだし、ある時は、逆まく波に身を躍らせたこともあった。私はあの飛ぶ瞬間の、身を投げる刹那の、不安と恐怖と、期待のいりまじった緊張感が忘れられなくて、いつでも自分をより危険な道へと駆りたてているのだろうか。その一蹴で、命を落すかもしれない、その危険の中にかくされた未知の世界をかい間みたいという強い誘惑が、私をここまで誘いつづけ、生きのびさせてきたのだともいえる。

この界隈は、幽居とか、閑居とかいうことばがふさわしい閑静なところだ。終日降りしきる雪のせいか、物音が消え、雪の晴間には、比叡おろしに鳴る裏山の、松籟の声しか聞えない。

家を出て、数分も歩けば、大原の里へ分け入る旧街道にさしかかる。今では高野川沿いに広い新道がひらけ、車の往来も繁くなっているため、旧道はいつでもひっそりとして人影もない。どの町の旧道でもそうだが、この道も、曇った古鏡のような森閑とした陰影と、かびた藍木綿の匂いのようななつかしさを漂わせている。せまい道をはさんだ屋並は低く、深いひさしの陰の紅殻の格子戸の内は、人が住んでいるとも見えない静けさと昏さが澱んでいる。煙ったような磨硝子の戸が半分あいた雑貨屋には、気泡の浮いた青い広口瓶が、街道に向って居並び、袋入りの駄菓子や、煙草が、その中に閉じこめられている。その隣りの床屋は、青と赤と白のだんだら縞の看板柱を埃にまみれさせ、店内の大きな二枚の鏡面に、白っぽい街道を駈けぬけていく風の影を映している。

新道へ出る橋を渡りきらず、私の散歩はたいていそこから踵をかえし、畠中の道をたどって帰り路に向う。旧道から真直ぐ、北の山裾に向って突当った畠地に拓かれた新開の住宅街の一隅に、私の仮寓は位置している。似たような二階建に、大同小異の塀と門構え。わずかの庭樹に芝生や石組。「××住宅○○台」の大きな文字が躍った看板が入口の空地に立てられて、その向うに、まるでモデルハウスの見本市のように、整然と並んだ真新しい家々の屋根瓦が光っている。旧道の低い軒の家々に劣らず、この新開の塀の中の家も、まるで喪中の家のようにいつでもひっそりと静まりかえっている。そこだけ、紫のタイルの目立つ露台のある家の窓に吊された金色の鳥籠の緑色の小鳥も、このあたりで最も高い大きな鋲《びょう》のついた門構えの邸の塀内に飼われたグレートデンも、なぜか哭き声を聞いたことはない。大きな犬は、私の下駄の足音を聞きつける度、すぐ高い塀の上に顎のとがった長い顔をぬっと覗かせる。生来犬の怖い私は、どんな小犬にもけたたましく吠えたてられ脅やかされるのに、この犬だけは、なぜか一度も私に向って吠えようとしない。大きな眦《まなじり》の上った目を、涙をたたえたようにうるませ、尖った顎を塀の上にのせ、じっと物哀しそうに私を見下すだけなのだ。白と黒の法衣をまとい、青く剃りあげた小さな頭を寒風にさらした私の異形の姿が、犬の目には珍しいのか、あわれに映るのか。

何時外へ出ても、物売りにも行き合わなければ、台地の住人にも出逢わない。私が彼等を全く見識らぬように、彼等の方でも私を知らない。私を訪ねてくる稀な客が、この無性に明るい、無性に静かな、映画のセットのような家並の中で迷いこみ、私の家を訪ねあぐねて、どこかの門を叩いても、誰も知らないと首を振るだけだ。たった一軒、この台地の入口に建ったすし屋の出前の若い衆が、威勢よく答えてくれるという。

「ああ、知ってる。それ、尼さんの家や」

玄関でまずその話を告げた訪問者に、私はきょとんとした表情を向け、笑いだすのに一瞬の間があった。「尼さん」という呼ばれ方にまだなじまない自分がいた。

「もっと草の庵って感じのところを想像してきたのに、当たり前の家ですね」

訪問者は裏切られたような口吻で無遠慮に部屋を見廻す。

草の庵。何という日本的で軽い、爽やかなひびきを持つことばか。鴨長明の方丈の庵、双びが丘の兼好の庵、吉野の、高野の、伊勢の西行の庵、寂然や西住や、建礼門院の大原の庵、去来の嵯峨の庵、芭蕉の、一茶の、光太郎の、放哉の、山頭火の庵、庵……。

理想の環境には、何より人里離れた山奥の陽だまりを選ぼう。あるいは広い曠野の森かげか、地の涯《はて》の荒磯に面した巌かげの松林。せまい庵に飽きた日には、庵をとりまく青草をしとねに、甘い芳香を放つ藤の花房を天蓋に、あるいは松籟と潮の響きの中で、陽にぬくめられた砂の上に、ま昼の夢をみよう。自然にとけこんだたたずまいには、風が吹きぬけ、枕元にはこおろぎが鳴き、湯のみの中に桜の花びらが迷いこみ、瞼を月の冷い指先がおだやかに撫でおろし、病熱は掬った雪がやさしくとかしてくれよう。鳥の声に起され、虫の音が夢の伴奏をかなでてくれる。訪れる人は三月に一人か、半年に一人か。

「西の山の麓に一字の御堂あり。即ち寂光院これなり。（中略）後は山、前は野辺、いざさ小篠に風噪ぎ、世にたへぬ身の習ひとて、憂き節滋き竹柱、都の方のおとづれは、間遠に結へるませ垣や、僅にこと問ふものとては、嶺に木伝ふ猿の声、賤が爪木の斧の

音、これ等がおとづれならでは、まさきの葛青葛、来る人まれなる所なり」（平家物語）

むぐらはふ門は木の葉に埋もれて人もさしこぬ大原の里　寂然

山里は時雨しころのさびしきにあられの音はややまさりける
ひとりすむいほりの月のさし来ずば何か山べの友とならまし
ひとりすむ片山かげの友なれや嵐に晴るる冬の夜の月
降りつもる雪を友にて春までは日を送るべきみ山べの里
わりなしやこほるかけひの水ゆゑに思ひ捨ててし春の待たるる
とふ人も思ひたえたる山里のさびしさなくば住みうからまし
さびしさにたへたる人のまたもあれな庵ならべむ冬の山里　西行

出家遁世は、まず孤独と寂寥に耐えることから出発する。清澄な自然だけを友とし、自分の孤独に対峙し、俗心を洗い抜く生き方なのだろう。

私は自分の脱俗の日を、はじめ厳寒に予定していた。どこの山寺ともまだ決めていなかったが、剃髪する自分の姿を思い描く時、白い山寺の障子のほの明りと、その自分の運命の変りめを何物からもひたかくし、守ってくれるように小止みなく降りしきる雪の蕭条《しょうじょう》が瞼にひろがっていた。

墨染の衣をまとい、ひとまわり小さくなった自分の姿は、厳冬のきびしさの中に置いてしか想像出来なかった。落飾したその日から、修行に入らねばならぬものと空想していたので、新しい生活は、冬のきびしさとさびしさの中から開始したいと希《ねが》っていたのだ。

現実には、晩秋の陸奥の中尊寺の紅葉の残照が華やかだったが、北国の冬の気配は早く、空気も得度の本堂も、身のひきしまる冷さに凍っていた。紆余曲折の末、得度の場を中尊寺と定めた中には、今春聴師とのはからざる仏縁もさることながら、陸奥の晩秋という環境が、私の詩魂に強く訴えたからであった。

得度後の喧噪がおさまり、東京の暮しを閉じる始末もつき、この仮寓に落着いてみたら、もう冬もさ中になっていた。私の長い夢と切望はやはり適えられていたのだ。いつ頃からか、私は「切に想うことは必ず遂ぐるなり」という信念を抱くようになっている。形を改めても今尚、私には、正直いって、来世も浄土もほの見えもしなければ信じられてもいない。人は死ねば一切終りで、炭酸ガスと水に分解するだけだという長年の考え方は改っているわけではない。

もし仮に、たしかに来世に極楽と地獄があるとすれば、私は当然、たくさんの人々を喜ばして生きてきたし、精いっぱいの親切は尽してきたから、真直ぐ極楽に迎えられるだろうと思う。一方、自分で気づかぬ自分の無神経な言動や、人とはちがう考え方の相違による行いで、どれほどの人をどんなに深く傷つけているかはかり知れないから、地獄に落されることも必定。何の不思議もないような気がする。

あるいはどちらにも入れない宙ぶらりんの刑に永遠に服さなければならないかもしれない。いつ、変るかわからないが、今のところ私が浄土宗に惹かれないのは、西方の浄土というものへの憧れが一向に心にないからである。来世のことは来世にまかせたらいいのであって、私は現世に生きている間に、悟らしてほしいことばかりなのだ。こういう考えをする私の根底には、私が死に対して、さして恐怖心がないというせいかもしれない。

いつだったか、遠藤周作氏と、谷崎潤一郎氏のお墓に詣った時、静かな法念院の庭を歩きながら、遠藤さんが訊かれた。

「瀬戸内さんは死ぬことが怖くないか」

私は無造作にすぐ答えた。

「怖くない、ちっとも」

「そうか、俺は怖いんだなあ、とても死ぬこと怖いよ」

それからまたいつか、横尾忠則さんが、銀座の中華料理の店で私に同じことを訊いた。私はまた、何のためらいもなく、遠藤さんに答えたのと同じ答えをした。

「そうかなあ、ぼくは怖いなあ、夜なんかね、死ぬことを考えると、とても怖くなって眠れなくなるよ」

横尾さんはぼそぼそした声で、訴えるようにいった。二度とも別れた後で、私は二人に比べ、自分の人間が低級なような、神経が荒いような気がして不安になり、自分の心を覗きこんでみる。しかし二度とも、やはり、私は自分の心にいつわっていないことを認めざるを得なかった。これは、もしかしたら、男と女のちがいかもしれない。私の書いた、田村俊子、岡本かの子、伊藤野枝、管野須賀子、金子文子、高群逸枝等、どの女性を見ても、彼女たちはあまり死を怖れていたとは思えないのである。その生きざまもさりながら、その死ざまにおいて、彼女たちはそのことを無言で証明しているのだ。管野須賀子は、死を怖れるどころか、死をわれから引き寄せたがっていたかに見えたし、断頭台に上る時も、先に刑死された他の男の同志たちの誰よりも従容として死についたと、目撃した看守の証言がある。

伊藤野枝も憲兵隊で扼殺される時、自分を殺しに来た甘粕大尉の配下を叱咤し、敢然と抵抗している。死を怖れての抵抗ではなく、不当な暴力に対する怒りからの抵抗であったことは、裁判の時の殺人者の証言で証明されている。

金子文子は、栃木刑務所で、自ら縊《くび》れる死を選みとったのだ。

上海北四路で黄包車《ワンポウツ》の上で急逝、路上に倒れて死んだ田村俊子の生前の奔放な漂泊の生きざまの中にも、死を怖れていた影は毛頭うかがえない。六十をすぎた年齢で、戦乱の上海にひとり漂泊しつづけている暮しこそ、そのことの証しではないだろうか。

仏教を信じていた岡本かの子、観音を信仰していた高群逸枝も自分の生命は大切に扱っていたが死を懼《おそ》れていたとはみえず、その死ざまも、大往生と呼ぶにふさわしい。「をはり乱れざりけるよし」と伝えられる西住や西行の臨終正念に比しても恥しくないものであった。

彼等たちの書き遺したものにも、死への恐怖は毛頭ない。むしろ、死を怖れないという言葉の方が多い。もちろん、真摯なカトリック信仰者である遠藤さんや、誠実な芸術家である横尾さんの、「死を怖れる」という言を文字通りに受けとって解釈することはないが、どのように哲学的な意味でも、形而上的形而下的に扱っても、「死」に対する懼れは、女の方が男より鈍感なのではないかと思う。男の哲学者が多く、女の哲学者の稀少な所以《ゆえん》だろう。それはもしかしたら、女が妊娠し、新しい生命を産みおとすということを肉体的感覚として、体験出来るという宿命に由来しているのではないかとも考えられる。自分の生命を賭けなければ産み得ないもうひとつの生命を、女たちは、何の怖れもなく産みわけようとする。造物主が女に産むという危険な運命を与えた時、生命に対する怖れを鈍らせるという代償を添えたのかもしれない。そのため、女は、古来、男が、君主のためとか、義のためとか、己れの名誉のために命を投げだすよりは、はるかに楽々と、愛のために、命を捨てることが出来てきたのではないだろうか。親や子のために、あるいは夫や恋人のために、女は命をいさぎよく投げ捨ててきた。

死そのもの、そして死の向うにあるものには、ことほど左様に鈍感な私も、死の直前の臨終の自分に対しては異常なほど神経質である。私は「死ざま」が怖しい。私にとっては、「死」と「死ざま」は全く違った次元のものとして捕えられている。私は、意識のない時死ぬ死ざまを自分に許せない気がする。生前非常に善良で篤志な人と見えた人物が、必ずしも羨ましい死ざまを見せるとはかぎらないし、悪徳を重ね、人を傷つけ通した人間の死ざまが必ずしも目を掩《おお》うものとも決っていないことを、私は幾度も見てきている。せめて人生の終りに「美しい死」を選びとりたい。人は「生」を選びとって産れることは出来ないけれど、「死」は選びとれるのではないだろうか。

私の憧れる美しい死とは、かの子のように夫と恋人に看とられた死とか、逸枝のように古稀まで仕事をしつづけて、天寿を全うした死ではなく、須賀子や、野枝のように、三十年も生きずに自分の思想に殉じて断たれた死、文子のように自分の信念を貫くために二十歳のなかばという若さで、自ら断ちきった死、あるいは、六十歳をこえた漂泊の異境の街路にみじめに客死した俊子の死のようなものに、より強い羨しさを感じるのである。

突然、ある朝、帝国ホテルで宮田文子さんが客死したのは、ついこの間のように思うのに、もう、七、八年も昔のことになってしまった。

文子さんは宇野千代さんや平林たい子さんと同じ頃青春時代を送った人だが、美貌と才気に恵まれていたため、婦人記者時代から、華やかな噂に包まれた話題の人だった。武林夢想庵がパリへ渡る時、ただパリへ行きたいというだけでの願望から契約結婚をして同行をせがみ、渡欧している。パリに着いてみると、すでに船中で妊娠していたことが判明、成行上、正式結婚にきりかえた。その後生れた娘がイヴォンヌさんで、後、伊藤野枝が辻潤の所に残してきた一《まこと》氏と結婚、やがて離婚した人である。

文子さんは、イヴォンヌさんを産んだ後も浮名は絶えず、ニースで恋のもつれからピストルで顔を撃たれるという事件もひきおこしている。

なぜか、文子さんは小説を読んだだけで一面識もない私に好意を寄せられ幾度か招かれた。

夢想庵と離婚後、頼もしい貿易商の夫君にめぐりあい、おだやかで堅実な家庭をオランダで営みながら、この天性の放浪の詩魂を抱いた老女は、七十近くになってまた止み難い放浪癖をめざめさせ、一年の大方を家庭を留守に、世界じゅう旅ばかりして歩いていた。

たまたまその頃は故国を訪れ、旧帝国ホテルの、天井の低く昏い、どこか外国の尼寺くさい部屋に滞在していた。ホテルのコックの作る料理より、自分の料理の方がはるかに美味しいといい、トイレに電熱器を引き入れて、半ば公然の秘密で自炊をつづけるなど傍若無人な暮しぶりだった。若がえり法とかと称し、亀の子タワシで全身をこする方法だとか、片脚立ち体操だとかを世間にひろめ、何やら結構愉しそうに話題をふりまきながら暮していた。

私が招かれた時は、紫のドレスに珊瑚色の口紅の鮮やかな濃化粧で、とても七十歳の老女とは見えなかったが、トイレの中でつくった御自慢の自家製フォアグラと、舌がとろけそうなステーキと、微妙なソース味のシーザースサラダを御馳走してくれ、昔話やフンザ王国を訪れた話など、いきいきと物語ってくれるのだった。その頃、突然、パリのイヴォンヌさんが自殺された。その葬いのため帰国した彼女は、たちまち東京に舞い戻ってきた。話の途中、私がイヴォンヌさんと同歳だとわかった時、ふいに涙があふれだし、すっと立ってトイレにひきこもってしまった。ややたち、化粧直しの目立つ顔であらわれた時は、ブランデー入りのコーヒーを優雅な身のこなしで運んでくれた。

ある朝、床にうつ伏せに倒れてこと切れているのを、ホテルのボーイが発見したのはそれから間もなかった。前夜おそく、文子さんは親しい医者に自分の軀の変調を訴え、翌朝の往診を頼んだという。電話に向って手をのばし、床に倒れていた文子さんは、その後また自分の軀の急変を誰かに告げようとして果さず、息絶えたのだろうか。

死化粧のほのかな素顔に近い文子さんの死顔は、濃化粧の生前の俤よりはるかに清楚でさらに若く見えた。最初の結婚で産んだまま人手に渡しっ放しにし、育ててもいなかったという人が、中年の落着いた美しい婦人になって、枕辺で客の一人一人に深く頭を下げていた。

目の前で見とどけたこの人の死も、私には羨しいものだった。

その頃だったろうか、京都ホテルのベランダから投身自殺した外国の老女があった。人は悲惨だと評したが、私はその死ざまがやはり羨しかった。老女は日本に一人の身寄もいなかった。ただ死場所に京都を選んだのは偶然だったらしい。死場所を需めて流浪しているうち、京都の風景が死を誘ったのか、ここで生きのびるための金がつきたのか。新聞の片すみの見知らぬ旅の老女の死の記事は、しばらく私の心をゆさぶりつづけていた。どこか、遠い外国の田舎町でひっそり誰にも知られず暮す方法を、その頃の私はひそかに考えていたし、地図にもないような高い湖や、氷河のクレバスに身を沈める自分の死を、憧れをこめて思い描いてもいた。

キリストの数々の教えよりも、復活の奇蹟よりも、ゴルゴダの丘に二人の強盗と共に十字架にかけられ、釘で打たれ「主よ、主よ、なんぞわれを見捨て給いし」と大声で叫んで息絶えたキリストの死ざまには感動させられる。

釈迦の入滅も数々の涅槃図が示しているような、多くの弟子や群集に見守られた死ざまとしてではなく、印度のパーリ語で書かれた原始仏教聖典のうちの経典（スッタ）に依って書かれた中村元氏の「釈尊の生涯」に書かれたような孤独な死ざまとして捕えることに私は感動する。

この書の釈尊の晩年の姿は、教えを説くために諸国を行脚しつづけている、八十になった老釈迦に、長い漂泊の旅が身にこたえない筈はない。わずかの弟子を従えていたらしいが、ほとんどの場合傍には、阿難ひとりしか従っていないような淋しい感じの旅として描かれている。釈尊は野宿したり、娼婦のふるまいの食事を受けたりしながら不自由な旅をつづけたあげく、長い雨期に入っては死ぬほどの激痛を伴った病いに侵されたりする。そうした中で、釈尊が弟子に説くことばは頼るべきものは自分だけだということだった。

「アーナンダ（阿難）よ、この世でみずからを島とし、みずからをよりどころとして、他人をよりどころとせず、法を島とし、法をよりどころとして、他のものをよりどころとせずにあれ」

鍛冶工の子チェンダのささげた茸に中毒し、おびただしい吐血をした上、下痢に悩まされ、ついに死病にとりつかれる。それでもこの老齢の聖者は漂泊の旅を思いとどまろうとはしない。

クシナガラにたどりついた時は、すでに臨終を予知していて、阿難にいう。

「さあ、アーナンダよ。沙羅双樹の間に、枕を北にして床を敷いておくれ。私は、疲れた」

泣き悲しむ阿難に向って、釈尊は臨終の苦しさの中から生者必滅会者定離の人の定めを説き、なぐさめ励ましている。最後の弟子にしてもらった遍歴行者スバッダに、最後に伝えたことばも短い。

「スバッダよ、私は二十九歳で善を求めて出家した。スバッダよ。私は出家してから五十年となった。正理と法の領域のみ歩んできた。これ以外には(道の人)なるものも存在しない」

この本に伝えられた晩年の釈迦の旅はどこか蕭条として、漂泊ということばがふさわしく感じられる。八十歳の聖者の行手には、キリストのような迫害はなかったが、さしたる華やかな歓迎の雰囲気も伝って来ない。八十歳の釈迦は、人の生と死が、いかに孤独なものであるか、人はひとり生れひとり死んでいくもの、死ぬために生れ、別れるために会う運命のものであることだけを、繰りかえし説きつづけているように思われる。

釈尊の晩年の旅とその死ざまの意外な寂しさが、私にはなつかしくありがたい。

美しい死を選びとりたいために、私は美しい晩年を選びとりたいと切望している。私の想念の中の美しい晩年には、おだやかとか平穏とかいう要素は考慮の外である。私にとって、美しいものとは、あらゆる場で、それぞれのエネルギーが白熱化して燃え上っている状態である。どの様な境遇や立場であろうとも、そこで全的に燃焼しているものは美しい。

人は老年はいたわられ、いたわるものだという通説を信奉する。一方、年を考えろとか、年並にとか、老年を牽制する。

年々にわが悲しみは深くしていよよ華やぐ命なりけり

という岡本かの子の歌などは、歌としては認められても、それが実人生の初老の女の生き方に表現されたら、たちまち顰蹙を買う。私は自分の老年はいたわられたくもないし、甘やかしてほしいとも思わない。また年齢などは知能程度で数えるべきだと思っている。生れた年を正確に覚えていて役に立ったということなど、五十年の生涯に一度もなかった。

私の肉体は医者に診せれば、眼の老化以外は、十歳は若いという。そんなことは自慢にもならないし、どうせいつかは訪れる肉体の衰えなど、当然のことだから何でもない。ただ私が怖れるのは、精神の老化だけだ。肉体の衰えは冷静に見れば厭でも自分でわかるからいいが、精神の老化現象は、本人の気づかぬところが怖しい。気違いが自分を気違いとは思わないと同様、老化した精神の主は、決して自分の精神の老化を認めようとしない。私の美意識は、人みながそれを嘲っているのに、自分ひとり気付かず、刻々に老化していく精神を身につけて、人なかに出没する醜悪を自分に許すことが耐え難いと思う。

長い間漠然と抱いていた出離の魅力が、そんな時、私を急速に強い力で捕えてきたのだ。

私はこれまでの生を精いっぱい一生懸命に生きてきた。身の処し方が浅慮のため、様々な試行錯誤で見苦しい恥も重ねてきたが、いつでも、命がけで生真面目であったことは確かだ。一生懸命の上に馬鹿がついていた。その上、私は生来勤勉なので、永久エネルギーで廻されている独楽《こま》のように自分を感じていた。あんまり休みなく廻りつづけ、独楽のまわりは真空になって、何もなくなったような気がした。目にうつる閑もない速さで事象も私のまわりで廻りつづけていた。

一遍上人は、十歳の時一度出家したが後、郷里に戻り家を継いでいる。三十六歳の壮年時に、再出家して家を捨てた。

再出家の原因について、「一遍上人聖絵」には、童子の廻す輪鼓《りゅうご》（中世行われていたこま）が地に落ちて廻り止ったのを見て、

「まはせばまはる、まはさざればまはず。われらが輪廻も又かくのごとし。三業の造作《ぞうさ》

により て、六道の輪廻たゆることなし。自業もしとどまらば、何をもてか流転せむ」といい、悟ったと伝えられている。人の生きている様を輪鼓の廻るのにたとえ、自分の生の苦悩は、すべて、自分のうちにある六道の煩悩によってひきおこされたことで、自分をさいなむこの世の業苦から逃れるためには、自分から、廻る独楽を止め、煩悩の輪廻の業を断つにしかずと考えたのだという。

一遍にとって、六道の輪廻を断つ方法とは、それまでおだやかに営んでいた俗世間のもろもろの絆、地位とか財産とか、家名とか、恩愛の情のすべてを捨て去る決断であった。やがて「捨聖《すてひじり》」と呼ばれた一遍の決定がここに定まる。

ある日、私も自分という輪鼓の廻りを自ら止めればいいのだと悟った。輪鼓を廻している私の煩悩の最大なものは、仕事への欲であろうか。それにからまるのが愛欲であろう。物欲や名誉欲は私には至って稀薄であった。衣、食、住にも淡泊だった。ただ、清貧という耳に快いことばによりかかって、貧乏を美徳のようにいいならわし、豊かなものや華麗なものを無闇に蔑むふりをし、その実、豊かなものを羨望嫉妬して止まないこの国の智識人の言動は嫌いだった。

豊かな芸術の花は、豊かな土壌にしか育たないといって、かの子に、あとうかぎりの贅沢を味わわせることにつとめた岡本一平の心意気と考え方に私は賛同していた。

私は誰に気がねなく、働いた自分の金で、着たいものを着、美味も探求し、一人住いには広すぎる家を二軒持って、暮してきた。二つの家で和風と洋式の生活様式も並行して味わってみた。それが何程のことであろう。たかが女一人が原稿用紙の桝目を一字一字埋め、朝も晩も、日曜も祭日もなく働きつづけ、莫大な税金をとられた残りの金でのまかないにすぎない。そんな程度の土壌から咲きだす大輪の花の色も香もおよそ見きわめがつこうというものである。

私の性質の長所であり短所は、物事に淫さないという点であろうか。九十九パーセントは溺れても、あと一パーセントで醒めて引きかえしてしまう。小説家として、その性格が損をしていると私は知っていた。といっても、五十年直らない性格が今更直ろうか。意識は改めることが出来ても、持って生れた性格はほとんど改まらないのが人間の業のひとつに思える。淫さないから、私はいつでも、何事からでも引きかえすことができた。私にとっては最も御し難く、手こずらされた愛欲に於てさえ、所詮はそうだった。淫さない性格は執着も薄い。だからといって、執着の薄さと、情の薄さが正比例するわけでもない。私に人より厄介な濃情が具《そな》わっているのも、持って生れた性格の宿命であった。結婚するまで、私に恋はなかった。離婚後出家するまで三十年の星霜、私に恋の伴わない日が一日でもあっただろうか。私は恋をいけにえにして嚙みくだいた心臓の血で小説を書いた。私が飽きもこりもせず、男と女の関わりを書きつづけたのは、いくら書いても、私の愛が不如意を訴えつづけるからであった。何事にも切れっぱしの関心では満足出来ず有縁と思いこめば、全身全霊で関わらねば気のすまない不自由な性質だった。人でも物でも、私は一度関わったら最後、命がけの愛情を注ぎこまずにいられない。そういう愛が過剰で、相手が受けとめきれないとわかるまでに三十年の歳月と、いくつもの恋のなきがらを踏みこえなければならなかった。

私はコンスタンの「アドルフ」を読む度、何度でも繰りかえし涙をあふれさせる。エレノールの持って生れた愛の過剰のために受けねばならなかった愛の不如意がいたましくてならない。愛の失意で命を灼ききってしまうエレノールの純情がいじらしくてならなかった。わが身につまされ涙を流す。小説さえ書かなければ、私は全くエレノールの苦しみを苦しんでいた。けれどもその一方、決して小説を見捨てられない私の業は、アドルフの利己主義と弱気からくる冷酷の罪をも犯しつづけていた。

「(略) 彼は短所よりもむしろ長所によって罰を受けています。と申しますのは、彼の長所は彼の感動から来るものであって、主義から来るものではないからです。彼はこの上もなく献身的な男でもあり、またこの上もなく冷酷な男でもあります。しかし、常に、献身に始まって冷酷に終りましたので、あとには彼の非行の跡しか残らなかったのです」(新庄嘉章訳)

私の場合、どの恋も行きつく果ては、恋か小説かの二者択一に追いつめられる。その時、私は泣き叫び、七転八倒しながら恋を捨てる。最後には冷酷を装うのではなく心底、冷酷なのであった。

かの子が、いよいよ華やぐ命をかなしみをこめて歌った時はまだ五十に達していなかった。私の命もまた、まだまだ華やぎつづける予感から逃れられない。私の煩悩は肉欲的ではなかった。最後に自分の小説を恋より守ろうとする私は、蔵の家以来、男との同棲を二度と繰りかえす意志はなかった。相手との同棲は拒むくせに、私の煩悩は共有しない時間の互いの経験を想念の中で共有しようとして悶える。肉体や生活の束縛を需めないかわりに、相手の情念の束縛をとことん需めようとする。そんな虫のいい願望が適えられる筈はなく、私の心はいつでもひもじがっていた。

この数年来、休む間なく独楽のようにきりきり自転しながら、砂漠で水を需めるようなかわきで、永い漂泊の旅への憧れにそそのかされていた。そのひまひまには、それよりもっと激しい誘惑で死が招きはじめていた。

本郷ハウスの十一階に仕事場を構えてからは、その誘惑はいっそう私にとりついてきた。

十一階の窓から下はさえぎる物のない垂直の壁だった。その窓に肘をつき、上体を乗りだし、私は毎夜のように踏みつぶされた屍のように地に伏している自分の死体をまざまざと見た。なぜ、そんなに死にたがるのかと訊く自分の声に、鸚鵡《おうむ》がえしに、こんな世の中にまだなぜ生きていたいのかと訊きかえす声がかえってくる。屍のような自分の死骸を見下しながら、私は一年間「抱擁」を書きついだ。「死」を小説に封じこめる作業が終った時、私はもう、出家するしかない自分を見出していた。「抱擁」の最終回を根気よく待っていてくれた編集者に手渡した時、窓の外には暁暗の闇が拡がり、空とのけじめもない昏い海のような地上には、漁火ほどの灯が風にふるえてまたたいていた。

一遍のように自分を捨てよう。幸い私にはすでに袖を捕える係累はいない。断ち辛い絆の名残りは、それ自体が私の出離の想いをいっそううながす機縁をつとめてくれる。

「もとより已来《このかた》、自己の本分が流転するにはあらず。唯妄執が流転するなり」（語録巻下）

という一遍の思想が私にはなつかしい。人間は理性ではわかっているのに、どうしても感情が納得しないで苦しみ、七転八倒することさえある。自分の目で確めた現実がまやかしに思われて安らがず、妄執の描いた幻に、真実を感じとって苦しむことがどれほど多いことか。

「念仏の機に三品あり、上根は妻子を帯し家に在《あり》ながら著《じゃく》せずして往生す。中根は妻子を捨つるといへども、住処と衣食を帯して、著せずして往生す。下根は万事を捨離して往生す。我等は下根のものなれば、一切を捨てずば定《さだめ》て臨終に諸事に著して、往生をし損ずべきなりと思ふ故に、かくのごとく行ずるなり。よくよく心に思量すべし」（語録巻下）

上根は親鸞、中根は法然、下根を一遍と見たむき（柳宗悦「南無阿弥陀仏」）もあるが、その詮索はさておき、私にはむしろ、中根より下根の一切を捨て果てるという所行は行うは難しで並々でないと思われた。

一遍のこの捨てる思想は、

「いかにして後世を助からんことを仕るべき」

と問われたことに対し、

「いずくにも身を捨ててこそ」

といい放ち、全国を遍歴放浪した念仏僧空也のあとを慕うものと体系づけられる。

　感ずるところがあって再度の出家をした一遍は、伊予の実家と妻子を捨てて出発する。一遍の生涯を描いた聖絵には、この出発の模様を描いて印象深い。僧形のがっしりした体軀の一遍の後ろに色白の小柄な尼僧が二人と、荷物を背負った強力ふうの僧が従っている。聖絵の著者の聖戒《しょうかい》は、

「超一、超二、念仏房、此の三人、因縁を発して、奇特有りと雖も、繁を恐れて之を略す」

　とおもわせぶりな注をつけている。一遍は、裾短かに着た法衣の下からあらわしたたくましい脚に下駄をはき、いかった肩をそびやかし、キッと首をあげて前方をにらみ、いかにも頼もしげな決意にみちた表情で闊歩している。二人の間に歩く、超一は見るからになまめかしい可憐な尼で、まだういういしい表情は明るく、超二は、一遍の腰までしかない可愛らしい少女の尼である。念仏房は屈強の僧で色が黒い。大橋俊雄氏の「一遍―その行動と思想」の中では念仏房も尼としていられるのはうなずきかねる。どう見てもこんないかめしい体軀の尼は考えられない。「北条九代記」には、

「一遍上人は伊予国の住人河野七郎通広が次男なり。家富み昌《さか》えて国郡恐れ随ひ、武門の雄壮なりければ四国九州の間は他に恥づる思ひもなし。二人の妾あり何れも容顔美し

く心優しければ寵愛深く侍りき」

とある。このおだやかな不自由のない生活を、ある日、捨ててしまって出離する一遍の内部には、止むに止まれぬ心の激しい転起があっただろうが、輪鼓の伝説しか伝っていなくて、現実的な問題は一切わかっていない。

妾どうしが、あるいは妾と妻の間で嫉妬でもつれたのが原因だとか、一度出家していた一遍が、父の死で、還俗して家督を継いだため、家庭内に財産争いの内紛がおこり、それが出家をうながす因になったとか、様々な説があってもきめ手がない。一遍自身の告白はどこにもないから不明のままである。

聖絵の、出発の場面で、一行を家の外に出て見送る人物が描かれている。在俗の姿をした中年の女と、男女の兄妹らしい子供の三人である。これを本妻とその子供たちと見るべきだろうか。何れにしろ、一遍はこの時点ではまだ恩愛の絆を捨てきれず、自分の女と子供を尼姿にして伴っていったのだ。

その二人をも一遍が捨て去ったのは、二月はじめに伊予を出て、大坂四天王寺から高野へ上り、夏、熊野で参籠した後であった。

それまでは、足弱な二人を同行している。ただし高野山は女人禁制なので超一、超二は麓で待たされたことだろう。

熊野で一遍は、熊野権現の神勅を感得し、他力本願は決定した。その後は自信を持って賦算を配って、衆生済度のための本格的全国遊行《ゆぎょう》を企てた。

賦算とは小さな形木に、「南無阿弥陀仏決定往生六十万人」と書いた札で、いわば極楽への片道キップのようなものであった。一遍は熊野から川を下って新宮に着き、そこで、超一、超二と別れている。

その時、賦算を伊予の聖戒に托すにつけて手紙をそえているが、それには、

「今はおもふやうありて、同行等をもはなちすてつ。又念仏の形木くだしつかはす。結縁あるべきよし」

とある。ここまではおそらく超一母子のひたすらな愛にほだされて同行を許していたものの、これからの遊行には、足手まといになると思い、決然と別離の覚悟を定めたとみえる。「はなちすてつ」という強い口調の中に、一遍のこれからの遊行のきびしさへの予想と決意がうかがわれる。おそらくは泣いて、どこまでも同行をせがんだであろう二人に、一遍はつよい心を装って放逐をわが心に命じたであろう。一遍に興願僧都への手紙がある。

「――むかし空也上人へ。ある人、念仏はいかが申すべきやと問ひければ『捨ててこそ』とばかりにて、なんとも仰せられずと、西行法師の選集抄に載せられたり。これ誠に金言なり。念仏の行者は智慧をも愚痴をも捨て、地獄をおそるる心をも捨て、極楽を願ふ心をも捨て、又諸宗の悟をも捨て、一切の事を捨てて申す念仏こそ、弥陀超世の本願には、かなひ候へ。かやうに打ち上げ打ち上げ、唱ふれば、仏もなく、我もなく、まして此内に兎角の道理もなし。善悪の境界皆浄土なり。外に求むべからず。よろず生き

とし生けるもの、山川草木、吹く風、立つ浪の音までも、念仏ならずといふことなし。人ばかり超世の願に預るにあらず。――」

空也から西行へ伝った捨てる思想を、一遍は踏襲したが、それを徹底的に自分の心身に課したのである。

私は一遍が出離漂泊を志した出発に、最も縁の深い女と子供への恩愛が断ちきれなかったところに、むしろ人間的ななつかしさを感じる。かといって、もし一遍が最後まで超一超二を伴って旅をつづけたら、やはり一抹の瑕瑾《かきん》を感じたかもしれぬ。己れを下品と見定めた一遍が身を以て衣食住、恩愛の絆のすべてを捨てて、衆生の前に自分の信念を実証して見せたのである。

その後は時宗の開祖となり、ひたむきな遊行があるばかりであった。一遍の往く所、救われたいと願う民衆が雲のように集ってきた。人々は念仏によって、極楽往生出来ると約束されると喜びのあまり、とび上って手の舞い足の踏むところを知らない。自然、それは踊りになっていた。市聖《いちのひじり》と呼ばれ、その遊行を民衆に喜ばれた空也の前にも歓喜踊躍する庶民たちの法悦があった。空也を慕う一遍の遊行の前にも、踊念仏が行儀となってついて廻る。一遍は衆生のため、食器の鉢を叩いて踊りの音頭をとった。生活苦に苦しめられ、無常の生におびえている民衆は、躍ることにすべてを忘れ、やがて忘我のエクスタシーに入る。

「念仏する時は頭をふり肩をゆりてをどる事野馬のごとし。さはがしき事山猿にことならず。男女の根をかくす事もなく、食物をつかみくひ、不当をこのむありさま、しかしながら畜生道の因果とみる」

時宗以外の無縁の人々には、こういう非難を受けていたが、念仏を称えつつ踊る宗教に法悦三昧の信者はそんな非難に耳もかさない。何十人、何百人の人々が集り踊り狂うので、家の床が抜け落ちることは屢々《しばしば》だった。捨聖の往く所、「貴賤あめのごとくに参詣し、道俗雲のごとく群集す」と伝えられた。遂には一遍の行手には奇瑞がおこるという伝説も生まれた。弘安五年三月片瀬に滞在し浜の地蔵堂で念仏している一遍の上に、時ならぬ紫雲がたちたなびき、天から花が降りそそいできたのだ。人々は驚き、奇瑞のわけを一遍に訊いた。一遍はただ、

「花のことは花に問え、紫雲のことは紫雲に問え、一遍知らず」

と答えたという。おそらく、春の浜辺の天候の異変で、濃い霞がなびき、それに海の陽がさしそい紫雲のように彩られたのだろう。時は春弥生、折から海風が花を散らせ、花吹雪が雪のように舞い落ちて来たのではあるまいか。素朴な群集がそれを有難い奇瑞としたがる中には一遍を聖化したいという憧れがこめられていただろうし、あるいはその問いの中には一遍に対する追従がありもしただろう。一遍は、そっけない答えの中に自分たちはただ念仏さえ称えればいいので、その他のことに心をわずらわされるなと教えたように思う。

一遍のあて名の不明の書簡の中に、こういうのもある。

「夫、生死本源の形は男女和合の一念、流浪三界の相は愛染妄境の迷情なり。男女形やぶれ、妄境をのづから滅しなば、生死本無にして迷情ここに尽ぬべし。華を愛し月を詠ずる。ややもすれば輪廻の業。仏をおもひ経をおもふ、ともすれば地獄の焔。ただ一心の本源は自然に無念なり。無念の作用は真に法界を縁ず。（略）」

男女形やぶれを、男女和合の形やぶれと解するか、男女が老いて男女らしからぬ形にやぶれと読むかは知らないが、いずれにしても、男女和合の一念を捨てはてた遠離愛欲の境地にこそ、この世の迷妄から逃れる途が開かれるというものであろう。

一遍の最初の得度は十歳の時、母を失った後であり、父の死により伊予に帰って還俗して家督をついだのは二十五歳であり、ふたたび仏道に志を向けたのは三十三歳であり、遁世の素意をいよいよ固めたのは三十五歳、家も妻子も捨てて流浪の旅に出たのは三十六歳の時であった。二十五歳から十年間に、一遍はおそらく男女和合の一念こそ生死本源の形とみきわめる心情的経験をしたと察しられる。男女和合の一念はもちろん、自然や、宗教に憧れる心さえ、一遍は人間の迷妄、執着と見る、その執着を捨て心を無念にしないかぎり、法界には至れないというのである。

最澄や法然や道元のように一生不犯の聖も尊いが、一遍のように男女の恩愛に心底ゆさぶられた経験の後に、それこそ、流浪三界の愛染妄境の迷情だと喝破した一遍が、私にはなつかしい。自分もまた所詮は煩悩熾盛の下根だから、親鸞のように煩悩の大海に身を沈めて、煩悩に著さないという至難な境地にはとうてい死ぬまで近づきも出来ないだろうと考えられる。

　また一遍はいう。

「生きながら死して静に来迎を待つべし。……万事にいくはず、一切を捨離して孤独独一なるを死するとはいふなり。生ぜしもひとりなり。死するも独りなり。されば人と共に住するも独りなり。そひはつべき人なき故なり。またわがなくして念仏申すが死するにてあるなり。わが計ひをもて往生を擬《なぞら》ふは、惣じてあたらぬ事なり」

　これが捨聖の到達した死生観である。何というすがすがしい厳しさか。一遍は人間の愛が決して人間に心の平安だけをもたらすものでないことを知っていた。愛すれば愛するほど人は魂の孤独の本然の姿に目ざまされる。たとい相愛の男女が共に暮しても、魂の孤独は決して救われない。「そひはつべき人なき故なり」こういうことばは、かつて、命をかけたような真剣な愛の悩みをどっぷり味わいつくした人間でなければ出て来ない。

　生きながら死んでいた一遍の示寂《じじゃく》の時は、日頃の彼の予言通り、何の奇蹟もおこらず、まことに静かに訪れた。すでに死を予感した一遍は、最後まで身辺にたずさえて来た書籍を自分の手ですっかり焼き捨ててしまった。

「一代聖教《いちだいのしょうぎょう》みなつきて、南無阿弥陀仏になりはてぬ」

　そう述懐した後十三日めの未明、晨朝《じんちょう》の礼讃をあげている時、弟子がふと気がつくと、祈りの姿勢のまま、一遍はおだやかに示寂をとげていた。

「葬礼の儀式ととのふべからず、野にすててけだものにほどこすべし」

との遺言は、親鸞の「自分のなきがらは賀茂川に投げすてよ」という遺言にも劣らずきびしい。享年五十一歳。

聖絵によれば、伊予を出る時の肩をそびやかし背をのばした颯爽とした一遍も、休む閑もない流浪の生活の中で、次第に腰が落ち、背が丸んでいる。身には寄進をうけた破れ衣をまとい、ぼろぼろの阿弥衣《あみい》をまとっているが腰に手ぬぐいをぶら下げ、足ははだしになっている。七十歳の老人の姿で五十歳とは見えない。今とは比べようもない中世のきびしい旅路の困苦は察するに余りある。一遍は死病を感じた時も、むしろ、残された時間を惜しむように、一日も休まず旅を急ぎつづけた。老も死も自らいそいで招き寄せたとしか思えない。

私は一遍の言動にことごとく心惹かれながら、一遍が命をかけて衆生の済度につとめた念仏の他力超世の本願には尚近づけない。同じ口に称えるなら、「ナムアミダブツ」より「ナムカンゼオンボサツ」の方が音として美しいし口になじみ易い。

妙音観世音《みょうおんかんぜおん》　梵音海潮音《ぼんのんかいちょうおん》
勝彼世間音《しょうびせけんのん》　是故須常念《ぜこしゅじょうねん》

と口にした方が聞名一如《もんみょういちにょ》の法悦に近づける気がする。

一遍という人と、その捨てに捨てた生涯の漂泊の姿勢に強く憧れながら、彼の呼びかけてくれる念仏にはまだ遠く救われそうにない度され難い人間である。

一遍の誕生より半世紀前に歿している西行も、やはりある日、突然、妻子も家も捨て出家している。西行の出家の理由も、学者や研究家に様々検討されているようだが、今もって、これというきめ手はあらわれていない。

鳥羽上皇の仙洞の北面の武士で兵衛尉だった佐藤義清《のりきよ》が出家したのは二十三歳だった。西行と同年に平清盛がいたことを思えば、西行の生きた時代の説明は充分だろう。もうひとつ同年生れの時代の立役者、保元の乱の中心人物だった藤原頼長が、日記「台記《たいき》」の康治元年三月十五日の欄に、

「抑《そもそ》も西行はもと右兵衛尉義清なり。重代の勇士たるを以て法皇に仕ふ。俗の時より仏道に心を入れ、家富み年若けれども心に欲無く、遂に以て世を遁れたり。人之を嘆賞す」

と書いている。頼長はこの時内大臣で、康治元年は西行出家からすでに二年がすぎている。二人は二十五歳になっており、この時、西行は、前年落飾した待賢門院璋子の結縁のため、鳥羽・崇徳両院をはじめ顕門の人々に一品経の写経を勧進し、自分は「法華経二十八品和歌」を詠み、頼長邸にもその勧進のため出向いたのである。わざわざ西行の出家への感想を頼長が日記に書きこんだのは、出家以来、はじめて西行に逢ったからだろうし、二年前の西行の出家に、世間の人々が受けたショックを新たに想起したせいであろう。同年だけに頼長の感想には感動がこもったのかもしれない。「人之を嘆賞す」という筆づかいには、頼長自身の嘆賞の声が聞えてくる。

当時の世相として、出家は今ほど珍しいことでもなかっただろう。それでも西行の出

家が世間に愕きと嘆賞の気持を与えたのは、出家する原因が外から見当らないほどに、西行の境遇が平和に、不足なく見えていたせいではなかったか。

西行ははじめ徳大寺実能の随身だったのが、鳥羽院の仙洞御所の北面の武士にとりたてられている。地下人だから宮廷での地位は低いが、二十三歳の青年武士にとって、それが決定的無常感を誘うとも思えない。家には妻があり、子供も産れている。

残された歌から想像してもおそらくは健康で爽やかな魅力のある青年だったろう。或いは仙洞御所の女房たちの間でも好意を持たれていただろう。出家前から西行は歌を作っていたから、歌を通しての女房たちとの交渉もおそらくあったとみてよい。当然、西行の突然の出家は、彼の背後の恋と結びつけて人々は臆測したにちがいない。しかし、確たる証拠がないまま、密やかな噂の声もいつのまにか止んでしまった。結局、噂は何も拡がらなかったのだ。内大臣頼長の耳には「若いのにいさぎよい」という印象の噂だけしか伝っていなかったとみるべきだろう。台記には俗の時より仏道に心をいれとあるが、西行が在俗の時、どれほど仏教に心をいれていたかという証拠もあまり見当らない。

保延六年の春ちかい頃、「いまだ世遁れざりけるそのかみ」という詞書のあとに、

そらになる心は春の霞にて世にあらじとも思ひ立つかな

とあるのが遁世への憧れをはじめて明らかに表白したものらしい。

その頃のことか、北面の武士時代からの同輩の鎌倉二郎源次兵衛季正、後の西住とつれだって、嵯峨法輪寺に空仁を訪ねている。西行も西住も歌に趣味を持っていて、空仁

は歌僧としてすでに当時名があったから、若い二人が歌について先輩の教えを請いに行ったのかもしれないし、あるいは仏教について何かの手びきを頼みにいったのかもわからない。その日、大堰川を船で帰る時、船中で若い二人は、

大井川舟にのりえて渡るかな　西行
流に棹をさすここちして　西住

と陳腐な連歌をものしている。のりは法にかけ川は済度の川にかけているとみれば、ふたりで空仁の許で出家の志しを得て帰ったとも見えないことはない。わずかにそれくらいの歌で、西行が得度前にそれほど世間が認めるほど仏道に心をひそめていたとも断言出来ない。当時に比べたら、情報網は格段の進歩の現代の私の出家のことでも、ジャーナリズムに活字になったことは、一切臆測で、およそ事実とは見当外れのことの方が多かった。一遍や西行の得度の真因は解明出来ないのは当然だが、本人の書き残したものだけは、どこかに真実がかくされていると見ていいだろう。いくら当時の出家が今ほど珍しいことでなかったにしても、やはり、出家は、本人にとっては生涯の一大事に相違なく、並々ならぬ決意を要する筈であったし、西行の場合は、出家につづいて隠棲の決意も伴っていたのだから、徒《あだ》やおろそかには踏みきれるものではなかった筈だ。

西行物語にその時、袖にすがる妻を突きのけ、とりすがる幼い娘を縁から蹴ったとあるのは、創作だろうが、それほどの心的経験は当然経ていなければ若い妻や幼い娘を捨て家は出られない。

私は子供の頃、この場面を絵本で見て、西行というのは何という冷酷な人かと、子供心に脅えたものだった。おそらく無数に見たにちがいない絵本の、他はすべて忘れきっていながら、この絵だけがありありと今も眼底によみがえるのは、やはり目に見えぬ何かの機縁の糸のひとつだったのかもしれない。

それほどの決意をこめて、俗世から飛んだ西行は、その決定の想いを胸ひとりにおさめきれることが出来ようか。

惜しむとて惜しまれぬべきこの世かは身を捨ててこそ身をも助けめ

世の中を背きはてぬと言ひおかむ思ひ知るべき人はなくとも

前の歌は「鳥羽院に出家のいとま申し侍るとて詠める」という詞書があり、後者には、「世をのがれけるをり、ゆかりありける人のもとへいひおくりける」とある。またそれからまもない歌と見られるのに、

身を捨つる人はまことに捨つるかは捨てぬ人こそ捨つるなりけれ

というのもある。身を捨ててこそ身をも助けめといい、捨てぬ人こそ捨つるなりけれといい、若者の気負った決定の気魄がうかがえる。何か失意にあい絶望的になって出家したのでは、こうした昂揚した自信のあることばは出て来ないだろう。

自分の出家は、今よりもっと、自己を解放し本質的に生きようとするためである。身を捨てるように見えるけれど、本質的に生きようということにも目ざめないで、この五欲煩悩の浮世に執着して流されているだけの人々の方こそ、はるかに自分を失っている

ことになるのではないか。西行は自信にみちてこう強くいい切るのである。ここにはめめしいためらいとか、出家後への不安とかは一切窺うことが出来ない。しかし強い語調の中に、自分を自分で励まし、川を飛びこえる一瞬の決断をせまっているようにも感じられはする。

私が何とも不思議に思うのは、鳥羽上皇に奏じた挨拶の歌の強さである。地下人の北面の武士という身分の低さからいえば、出家に当って院にわざわざおいとまを申しあげるというのさえ、不思議なのではないか。もし、特に武士としての佐藤義清が、院に目をかけられていたとしても、いとまを請う場合の歌ならもっと謹慎とか慕敬の感情がにじみでていそうなものではないか。歌の位の高さは同輩か、むしろ、自分より目下のものに胸を張っていいきかしているような調子さえある。出家前の歌には、前にも出した「そらになる心は春の霞にて」の素直な調子のものがある。この歌の詞書には、「世にあらじと思ひたちけるころ、東山にて人々寄霞述懐と云事をよめる」とある。すでに出離の覚悟をこの時点で定めていたことを示しているのに、これは歌の会での題詠だったから、同座した人々は、西行の告白の歌を誰もフィクションの歌として受けとり、西行の心の秘密には全く気づかなかったのだろう。

後世、西行の歌の艶めかしさから、出家の原因に恋がからんでいるという想像がされた。

「さても西行発心の起りを尋ぬれば、源は恋故とぞ承る。申すも恐れある上﨟《じょうろう》を思ひ懸け進《まゐ》らせけるを、阿漕の浦ぞと云ふ仰せを蒙りて思ひ切り、官位は春の夜見はてぬ夢と思ひなし、楽しみ栄えは秋の夜の月、西へと准《なぞら》へて、有為の世の契りを遁れつつ、無為の道にぞ入りにける」

源平盛衰記の智巻第八にはこう書かれて、それが後世、西行をドラマティックに語りつがれる因になった。

伊勢の阿漕の浦は大神宮への贄を献上するため、禁漁区とされていた。阿漕という海士が度々この禁を犯し、終に発見され、刑罰として沖に沈められてしまった。その伝説から生れた「逢ふことも阿漕が浦に引く網の数かさならば人も知りなむ」(古今六帖)を源平盛衰記は使ったので、密会も度重ねれば発覚するからと、恋の相手が脅え、拒絶されたので、西行はあきらめきれない恋を断ち、その失恋から無常感を深めたという見解である。

ロマンティックなこの伝説が、後世語りつがれていくには、西行の歌に、それを裏がきするような、哀艶な恋の歌が多く遺されていたからでもあった。その恋歌が題詠としての想像の所産にしてはあまりにリアリティを持っていた。

知らざりき雲井のよそに見し月のかげを袂にやどすべしとは
おもかげのわすらるまじき別かな名残を人の月にとどめて
物思へどかからぬ人もあるものをあはれなりける身のちぎりかな
語らひしその夜の声はほととぎすいかなる世にも忘れむものか

数ならぬ心の咎になしはてて知らせでこそは身をもうらみめ
あふまでの命もがなとおもひしはくやしかりけるわが心かな
あはれあはれ此世はよしやさもあらばあれこん世もかくや苦しかるべき
いとほしやさらに心のをさなびてたまぎらるる恋もするかな
思ひきやかかるこひぢに入り初めてよく方もなき歎せんとは

後鳥羽院口伝に、

「西行は、おもしろくして、しかも心も殊に深く、ありがたく、いできがたき方も、ともにあひかねて見ゆ。生得の歌人と覚ゆ」

と認められた歌は、苦吟のあともなく、技巧にこらずあふれるように心情を吐露する歌だから、これら恋の歌にしても、主観的で時に絶叫のように聞えるものもあって、人にさこそはと思い当らせたのではないだろうか。ひたかくしにしなければならなかった申すも恐れある上臈といえば、位の高い院の女房程度のものではなかろう。上田三四二氏の「西行」では、

「では『申すも恐れある上臈』とは誰か。誰とはしかとわからぬが、西行は、ともかく君の思いものである女性に恋をしたのである。不興を蒙った西行は、『思ひきや富士の高根に一夜ねて雲の上なる月をみむとは』と、偽作にしては上出来の歌一首を残して退くが、この意味深長な歌について、盛衰記は、『此の歌の心を思ふには、一夜の御契りは有りけるにや』」

と言っている。

川田順氏や風巻景次郎氏をはじめ多くの研究家が西行失恋説を採っているが、その対象は様々で、これまたきめ手もない。

鳥羽院の后待賢門院付の女房に需めたり、待賢門院璋子その人とみたり、あるいは待賢門院璋子にとってはライバルに当る年若い美福門院得子らしいとか様々だが、今となっては、西行の霊の声に耳を傾けるしかない。

私は西行の恋の対象が高貴の女人なら、美福門院ではなくて待賢門院璋子であったろうと想像する。西行が出家した二十三歳の時璋子は四十歳である。鳥羽院は三十八歳、美福門院は二十四歳であった。二十三歳の恋の対象が四十歳の璋子ではありえないというのは常識的見解で、恋は思案の外だからこそ、常識の外の身分ちがいの人にも想いをかけるのだといえよう。待賢門院璋子は、徳大寺家の出で、十八歳の時、鳥羽天皇の後宮に入ったが、振分け髪の時から白河院の猶子として、ほとんど院の御所で育てられていた。美貌で華やかな少女を院は溺愛し、その誰はばからぬ愛し方は早くから女房たちの間ではただならぬ噂を生んでいた。十八歳で鳥羽帝の妃になった時、すでに妊っていて、最初の皇子は白河院の胤ということは、公然の秘密だった。

やがて鳥羽帝もそれに気づき、皇子誕生の報を聞いても「おじ子が生れとよ」といい放って冷笑し見向きもしなかった。

璋子は帝の中宮になってから後も院と密通をつづけてその縁は切れていない。

生れた第一皇子が顕仁親王で、後の崇徳帝である。璋子は崇徳帝を産んで以来、軀の休まる日もないほど、次々妊娠している。四皇子、二皇女が生れているが、年児に生れた第二皇子通仁と第三皇子君仁は二人とも生れついての障害児だった。二宮は生れつき盲目で夭逝し、三宮は骨なしで首も坐らない赤子だった。世間は痿宮《なえみや》とかげで呼んでいるこの皇子を白河院は不憫がってひとしお可愛がるので、世間では璋子の産む子はみんな白河院の胤と思っている。

そんな関係の璋子と、鳥羽帝の仲が甘やかな筈はない。一代の専政君主で三代四十年の院政をほしいままにした白河院はまた、「男女の殊寵多きによりて已に天下の品秩破るなり」と評された好色の人である。その白河院が人倫をふみやぶっても格別の寵愛を惜しまなかった璋子は、女としてよほど魅力を具えた人であったと想像出来る。江戸時代からは、女は三十にもなれば将軍の後宮では女として認められない風習が生じていたが、王朝や、中世のはじめに於ては男女の恋に年齢の差は大して問題にされていない。親子ほどの年齢差の叔母が帝の妃になる例さえあったし、十五、六年上の妃なども例のあることだった。五人の子を産んでも、璋子の美貌は衰えなかったかもしれない。どんな白河院の強制があったにせよ、異常な三角関係を何年も継続出来た璋子の体質も精神も、貞操に関してはルーズだったとみなしていいだろう。また当時の後宮は、藤原氏全盛の時代より、もっと遊戯的デカダンスな恋愛が行われていたし、密通にふさわしい温床でもあったようだ。

美しい才気ある女房は、同時に二人や三人の情人を持っていてもまかり通っていた。鳥羽院にうとまれ、長い空閨を強いられていた三十代の終りの璋子が、ふと、若々しく凜々しい北面の武士と、幻のような夢をみたとしても一向に不思議ではない。もとより誘惑にかかり易い体質の璋子より、側近の女房たちの方が、その事態にむしろ色を失ったのではあるまいか。過去があるだけに、しかも美福門院にたまたま皇子誕生という事態が起った時に、どんなことがあっても、表には決して出せぬ密かごとであった。この秘密を守るために、待賢門院の女房たちが、どれほど必死の工作をし、箝口令を敷いたかは想像に難くない。美福門院皇子誕生の翌年、西行が、つぎの年璋子が出家した。

璋子の落飾の翌年、西行が璋子の結縁のため、勧進に努力したことは前に述べた。それからさらに五年後、久安元年、璋子は世を去った。享年四十七。

世のなかを捨てて捨て得ぬここちして都はなれぬ我が身なりけり

と歌って、出家後の京の周辺にいた西行が、璋子の死の二年後、はじめて京を後に奥州へ旅立っている。この旅のことを上田三四二氏は、

「門院の死を契機としている。（略）

捨てし折のこころを更に改めて見る世の人に別れはてなむ

この歌が、待賢門院の喪に根ざすとする証拠はないが、一首は、ふたたび初心にかえって、年余にわたる辺境への大旅行を志す人の心境にいかにもふさわしい。西行は『都

はなれぬ我が身』の未練を解きはなち、きっぱりと、俗縁につながる人々に別れを告げようというのである。璋子の死は、西行の目の前から、都が消えたことを意味していた」（『西行』）

と解釈している。私もその推察をとりたい。

西行と璋子の間に関わりがあったとすると、出家の時の鳥羽院に対する歌の高い姿勢が一層不思議になってくる。やはり鳥羽院にも、西行は並々でない寵を受けていたのではないだろうか。まだ西行の義清時代、安楽寿院三重塔の工事をひそかに検分した時、右大臣徳大寺実能と、西行だけを供につれていっているのでも、その間の消息を伝えているのだろうか。

保元元年七月二日、鳥羽院が崩御の際、たまたま高野山から下山してきた西行は、その葬儀に急遽かけつけ参列した。

「一院かくれさせおはしまして、やがての御所《おんところ》へわたりまゐらせける夜、高野より出であひて、まひりあひたりける、いと悲しかりけり。このちおはしますべき所御覧《ごろう》じはじめけるそのかみの御供に、右大臣実能、大納言と申しける、候はれけり。その御供にさぶらひける事の思ひ出でられて、折しも今宵にまひりあひたる、昔今のこと思ひつづけられて詠みける」

今宵こそおもひしらるれあさからぬ君に契りのある身なりけり

「をさめまひらせける所へわたしまゐらせけるに」

みちかはるみゆきかなしき今宵かな限りの旅と見るにつけても

「をさめまひらせて後、御供にさぶらはれける人に、たとへむ方なく悲しながら、限りある事なれば帰られにけり。始めたる事ありて、あくるまでさぶらひて詠める」

とはばやと思ひよりてぞなげかはし昔ながらの我が身なりせば

ただ偶然、下山が葬送に間にあったということだけで、あさからぬ契りある身と詠んだにしては、おもひしらるれという思い入れが、大げさすぎはしまいか。契は、ちぎること。互にいいかためること。約束。契約の他に、前世の約束、宿縁などの意もあり、また、情の通じることとか、愛をいいかためるという意味もある。

とはばやの歌も、解釈は様々にされている。

鳥羽院と崇徳院の宿命的な確執から、やがて保元の乱はひきおこされる。鳥羽院と美福門院の間に生れた近衛天皇は在位十五年、十七歳で崩御し、後白河天皇が即位した。その翌保元元年、「保元の乱」がおこったのである。その年六月一日、鳥羽院は崇徳上皇の動きを不穏と見て、源義朝、義康に、宮中と鳥羽殿の警護を命じられた。それから一カ月後、七月二日に崩御されたのである。

七月十日、崇徳上皇は白河殿に、源為義、為朝等の兵を集合させたが、その翌日、義朝、清盛の連合軍に夜討ちをかけられ、たちまち勝敗は決してしまった。左大臣頼長は奈良坂で敗死、為義は斬られ、為朝は伊豆に、崇徳上皇は讃岐に流されている。

西行が鳥羽院の葬送に駈けつけた時は、もう戦いは始まっていたのだ。世を捨てたとはいいながら、昔武士だった西行の血の中に勇武の魂が全く眠りはてているとも思えない。

西行は、なき院に向って、なぜこういう悲惨な骨肉相争うような乱のもとをつくられたのかと、つめよって聞きたいという歌の意味にもとれてくる。美福門院の産んだ近衛天皇のために、崇徳院を早々と退位させてしまった鳥羽院の誤りを難詰している形になる。崇徳院は、璋子と白河院の子なのだから、西行が待賢門院一辺倒の立場ならば、ただ鳥羽院に恨み、その非を責めるだけだろうが、そこに西行の複雑な心理がある。璋子が落飾した年の暮、崇徳院は位を追われていることも、璋子の落飾と因果関係はないとはいいきれないだろう。在家にあれば、当然、今度の乱にまきこまれていたにちがいあるまいわが身の運命を、西行は、鳥羽院の葬送の夜、どう受けとめただろうか。

人がみなひきあげてしまった鳥羽院の霊前で朝までたったひとり読経しつづけたという状態は、何か異常で鬼気迫るものがある。その行為といい、この歌の激しさといい、尋常でないものが感じられる。鳥羽院と西行の間はやはり、ただ君主と地下の北面の武士というような間柄ではなく、「あさからぬ契」の並々でない関係があったとみるべきでないだろうか。

西行にはまた北面時代からの親友西住があった。その名を見ても二人の親密さがうかがわれる。出家後、西行は高野に、西住は大原に別れ住んだが、生涯二人は同行としての親交をあたためつづけていた。

　さだめなしいくとせ君になれなれて別れをけふは思ふなるらむ
　こととなく君恋ひわたる橋の上にあらそふものは月の影のみ
これだけみれば恋の歌としか思えない。西行から西住へ送ったもので、前の歌には、
「年久しくあひ頼みたりける同行に離れて、遠く修行して、帰らずもやと思ひけるに、何となくあはれにて」
　と詞書があり、後のには、
「高野のおくの院の橋のうへにて、月あかかりければ、もろともに、ながめあかして、そのころ西住上人京へいでけり。その夜の月忘れがたくて、又おなじ橋の月の頃、西住上人のもとへ言ひ遣はしける」
　と詞書がつく。これに対し、大原の西住からは、
　おもひやる心は見えで橋のうへにあらそひけりな月の影のみ
「わたくしの方もあなたのことを想わない日がありましょうか。思いやっているわたしの心はあなたには見えないでただ月の光ばかりしかあなたは見てくれないのでしょうか」
と怨じた返し歌もまた、西行の歌に劣らない情緒のこもったもので、恋歌とみてもいいだろう。西住に先だたれた時、西行は五十のなかばだったが、
　もろともにながめながめて秋の月ひとりにならむことぞ悲しき
と断腸の想いを歌った。同じ大原の里の友寂然との間にもよく歌を交しあっているが、

そこには西住に向う時のような纏綿たる情緒は見られない。西住との間だけは、鳥羽院に対した時のはげしさと対比される何か異常な濃情が感じられる。

しかし、西行は生涯西住と遠く別れ住んでいる。これほどの仲なら、同居ならずとも、彼の歌のように庵並べて住んでもよかっただろうに。二十三歳で、浮世を自ら断念した西行の中には、人一倍の執着を覚える自分の心を断ち、断つがために一層、その想いを強固に純粋に守ろうという美意識が生涯、貫いていたとは考えられないだろうか。

心から心に物をおもはせて身をくるしむるわが身なりけり

これは恋の歌に入っているが、わが心ゆえわが心を悩まし、われとわが身を苦しめるというこの「こころ」がのっぴきならない西行の魂、現代のことばでいうなら性格であろう。

六十三歳になって高野を下り、最後に西行が結んだ伊勢二見ケ浦の草庵は、「西公談抄」によれば、「浜荻を折敷きたる様にてあはれなるすまひ、見るもいと心すむさま」と伝えられている。しかし西行はこの終の栖からも出発する。六十九歳から七十歳は奥州の旅路に終る。東大寺の砂金勧進という名目があったにしても、七十の老年での遠い旅路には「いづくにかねぶりねぶりてたふれふさむ」という決死の覚悟が秘められていた筈であった。だからこそ、

年たけて又こゆべしと思ひきや命なりけり小夜の中山

という絶唱も生れたのである。この旅も無事に終えて帰った西行は、河内の弘川寺に

身を寄せ、高僧の誉高かった空寂上人に臨終正念を預けて七十三年の生涯を閉じた。拾遺愚草に「をはり乱れざりけるよし聞きて」とその大往生のさまが伝えられている。文治六年（建久元年）二月十六日、望月の日であった。

願はくは花の下にて春死なむそのきさらぎの望月のころ

辞世は十年前に詠まれていた。切に想うことはついに遂げられたのである。

仏には桜の花をたてまつれわが後の世を人とぶらはば

死んでも花月に対する執着を捨てまいとする西行にとっては詩心と道心はあくまでひとつのものとしてとけあっていた。

見事な西行の歌僧としての生涯だが、私はもし最後の陸奥への旅路で西行がはかなくなっていてくれたら、さらに西行の死が輝いたであろうと想像する。または、伊勢の庵でひとり死んでいる西行が、ある朝、近所の童に発見されたなら、もっとその死は荘厳されたような気がしてくる。

子供の頃みた絵草子の西行の生涯に憧れたのが機縁で、華やかだが空しい後深草院の後宮の愛欲の渦の中から逃れ出て、三十代で出家の素懐を遂げ、女の身で後半生のほとんどを放浪の途上に送り、「とはずがたり」を書き残した二条。

現世の生存競争の不適格者として、先祖から受けついだ財産のすべてを失い、日野の山里で、折りたたみ式の方丈の庵を結び、乞食のような暮しをしながらひそかに「方丈記」に命を刻みこんだ鴨長明。

「大事を思ひ立たん人は、去りがたく心にかからん事の本意《ほい》をとげずして、さながら捨つべきなり」

といい、敢然と世を捨て、乱世を外に双《なら》びが丘に草庵を結び、悠々自適の暮しの中で「徒然草」を書きあげた兼好法師。

どの人物にしても、他から見れば必ず出家したり、隠遁したり、放浪したりしなければならないという身の上とも思えない。彼等の生きた平安末期から、中世が、乱世だ末世だといったところで、何時の時代も、その時代を生きている人間にとっては、たいてい乱世で末世と受けとられる業苦にみちみちたのが、このうき世であろう。彼等のような、心の不如意や生活の苦労は、大方の人間に共通のものである。そのひとつひとつに愕き悲しんでいては生きられない。この世で生きていくには、そういうものから目をそらし、妥協し、馴れあっていくしか道はない。

ただごく稀少な人間だけが、「心から心に物をおもはせて」そういうふうに自分の心を飼い馴らせない不自由な性格を持ちあわせ、われとわが身を苦しめる。ひとりいても、人を得ても人は所詮孤独地獄から抜けだせないことを悟る時、彼等は孤独から逃げようと努力するより、もっと孤独をわが身にひきつけて、そのたとえようもない淋しさを聖化しようという大それた、果敢な自己救援の衝迫につき動かされる。それはすべてを、捨てることであり、生きながら自分を葬ることであり、ゆきてかえらぬ漂泊を選ぶことであり、俗世を断った隠遁への決断である。

すべてを捨てはてて著さぬ人を下根とした一遍になぞらえるなら、すべてを捨てて尚、風流韻事の誘惑、風雅の魔心だけを捨てきれなかった西行以下の彼等は、準下根とでも称すべきだろうか。

「境遇などというものは実際取るに足りないもので、性格が一切です。たとい外部の事物や人間と絶縁しても駄目で、自分自身と絶縁することは出来ません。境遇を変えてはみますが、結局振棄ててしまいたいと思っていた苦悩を新しい境遇に移すだけのことです」（新庄嘉章訳）

アドルフの絶望感に激しく脅やかされながらも、私はついに、自分の孤独地獄を先どりしたわが国の世捨人たちの捨身の行方に、自分の残る歳月を賭けることに決断した。

そしてあれから百日すぎた今、アドルフの絶望感と、鴨長明の孤独に徹した昂揚が、日によって交互に、あるいは綯《な》いまじりながら、降りつづける雪の中から訪れてくる。

「魚は水を飽かず、魚にあらざればその心を知らず。鳥は林を願ふ、鳥にあらざればその心を知らず。閑居の気味もまたかくのごとし。住まずして誰か悟らむ」（方丈記）

一九七四・三・一三

（「辺境」昭和四十九年六月号）

II

放浪について

こどもの頃、西行の生涯を絵本で見たとき、縁側に幼い児を足蹴にして、泣きすがる妻をふり払い、突然、西行が家出していく場面に、強いショックを受けた。何歳ごろだったか覚えていないけれど、西行がある日、突然、家人に理由もつげず、家出したという説明を読んで理解できたのだから、小学二、三年にはなっていたのだろう。それ以来、私は西行が嫌いだった。

もっと大きくなり、西行の伝記について知るようになってからも、やはり西行が好きになれなかった。釈迦が家出するときの話も、お妃や王子がかわいそうで、こどもの私は涙を流した。その自分が四十を越えたいま、突然、浮き世の縁のすべてを、自分の手で断ち切って、放浪に憧れたこれらの人びとに、強い共感を抱くようになろうとは、思いもかけなかった。

出家遁世と放浪は、いまや私のもっとも深い憧れとなって日夜、心をそそのかしてくる。現在の私は、家はあっても家庭はなく、肉親で私の袖を引きとめる人間もいない。しかし、心に繋《つな》がる別れがたく断ちがたい愛欲の絆はないこともない。この絆に未練があって、思うままの憧れの遂行ができないでいるものの、その絆の強さゆえに、また、放浪への憧れも日々強力になりまさる。

恩愛の情の薄い者が、肉親や愛欲を捨てやすいのではなくて、私にはむしろ、情の深く、恩愛に執着心の人一倍強い者こそが、その息苦しさの反動から、いきなり、自分の心臓を突き刺すような荒療治に出てしまって、気づいたときは、もうすでに、すべてを投げうち、放浪の途上にあるのではないかと思う。

いま流行の蒸発について調べた人の話によれば、男の蒸発には、まったく他人には理解できない理由の者が多く、背後に女が、必ずしもいないのに比べ、女の蒸発の背後に、男と、情事の、かくれていないことは決してないという。女が男に比べて、形而下的な動物につくられている証拠かもしれない。

女の蒸発はだから放浪ではなく生活の場を移すだけなのである。女の浮浪者の少ないのを見てもこれはわかる。

百円のベッドハウスの看板がよく私の心を捕え、そこに人知れず寝ころがる生活に、突然強い誘惑を覚えて、町の真ん中に立ち止まってしまうことがある。どうやら、私も女から男に移りつつあるというのでもあろうか。

もともと、私は性、放浪の星の下に生まれていると、道端の易者にいわれたことがある。またある高名な易者は、私の生年月日や手相をつくづくみた上で、

「あなたは失礼だけれど、りっぱな門構えの家などには住みつけない方ですね。ええ、

星がそうなっているのですよ。へえ、瀬戸内さんがこんなところにと、人がびっくりするようなあばらやに住むのが性に合っているんです。もっといえば、木賃宿みたいなところにいるのがいいんですよ」

といった。私はそれをいわれたときもいまも、京都に、分不相応の広い家を構え、月の大半は東京の高級アパートで仕事をするという、住まいだけは何にもました贅沢をしているときだったので、本来ならこのヘボ易者がと思うところなのに、そのことばにたいそう心を打たれ、

「そう、その通りなんですよ、ほんとに」

と、心からあいづちを打っていた。易者は私の内心にひそかにひそみつづける、放浪への憧れをみごとにいいあてたと思ったからである。

旅の途中くらい私は心安らぐときはない。旅の車中や、途上で、私は決して風景を見ているわけではない。名所旧蹟というものはおよそ興味なく、花も紅葉も、美しい風景も、さして心にとめない性である。何がいいのかといわれると、風に背を押されながら、次の町へ、次の村へと歩いていく、その放浪感が何にもまして心を安らがせてくれるのである。

人恋しさがないから、旅に出られるのではなく、人恋しさの物狂おしさのゆえに旅に出るのではないだろうか。

会えないという旅の途上、一歩ずつ、執着の恋から、遠ざかりつつあるという旅の途

上くらい、純粋に、熾烈に恋が燃えさかるときはないように思う。放浪の旅に出られる人間は、決して逃避する弱い人間ではなく、強すぎて狂おしい人間だけのように思う。

私は芭蕉の生涯を美しく羨ましく思うけれど、最後の夢が枯野をかけめぐる芭蕉の臨終の床を、弟子どもが取り囲んでいる図は気にくわない。放浪の人間は、最後まで、ひっそりと、誰にも看《み》とられず、死んでいってこそ、その淋しい強さがまっとうされるのである。

失意で旅に出るのは、あきらかに逃避であって、そんな旅は私には美しくも羨ましくも見えない。私の憧れを誘うのは、他人の目には何の不自由もなく見える、時を得顔の人間が、ある日、突然、すべてを捨てさって、放浪の旅を選ぶ、その瞬間の、きびしい美しさである。

小野小町も、和泉式部も、清少納言も、平安の昔、花やいだ女たちの最後は謎につつまれていて、全国いたるところに彼女らの足跡があり、その晩年は、落ちぶれた放浪の旅に果てたらしいともいわれている。

和泉式部などは、琵琶を弾き語りながら、老残の春をひさいで旅していたともいわれている。

昔から女の放浪は何とじめじめして美しくないことか。惨めたらしい彼女らの放浪は、乞食の旅であって、哲学がない。

やはり、男たちの放浪のほうがいさぎよい。

一遍上人が家を捨て伊予を出るとき、二人の愛妾がいたのが、ただちに剃髪して後にしたがったといわれる。一遍の遊行《ゆぎよう》はいさぎよいけれど、後を追った二人の尼の純情はべとつきすぎて私はいやだ。かつて性愛をともにした女二人につきまとわれての放浪では、風もなまぐさく一遍もやりきれなかったのではあるまいか。

宗教家のことは知らない。しかし芸術家は本来、放浪の本性を持つことが第一条件ではないだろうか。芸術家は一日、一日、昨日の自分を否定してかからなければならない。一日も定着してはその芸術はだめになる。十年一日の如く、同じ文体で、同じことを書きつづける作家など、作家といえないだろう。

芸術家や芸人の身がおさまらないことがよく話題になるけれど、私には当たり前だと思われる。

芸術家が一つの家庭にしばりつけられ、一人の妻や、その女の産んだこどもたちの恩愛にしがみつかれているのこそ、不思議に思われる。

はじめから芸術家は、家庭を持つべきではないのではないかと、このごろ、私はしきりに考えている。安穏で平和な家庭の雰囲気や、炉辺の幸福と、芸術の女神は所詮気の合う性ではないのであろう。

そうはいうものの、私も何歳になったらこのもろもろの生活の垢をかき落とし、ひとり漂泊の旅に出て、行きてかえらぬ旅ができるのであろうかと、わが身のまわりの人間臭さをみつめ直さずにはいられない。

（「随筆サンケイ」昭和四十四年五月号）

残された夢

自分のしたい放題のことをし尽して五十年近くも生きてしまった。人生五十年と呼ばれてきたことに従えば、もうそろそろ、この世にお別れしてもいい年頃になってしまった。

それでいて、自分が早くも五十に手のとどく年になっているとはどうしても信じられない。ついこの間も、お若くみえますよ、今日は三十がらみですねとお世辞をいわれて、何となく不服な顔をしていたら、それを聞いていた手伝いの少女たちがくすくす顔を見合せて笑っている。彼女たちは私が三十がらみということばではちっとも若いと感じとっていないのを知っているのだ。でもよく考えたら、二十も若く見てくれたことで、お世辞にせよ有難いことばなのにと我乍《なが》らおかしくなってしまった。自分ではいつでも三十五、六ぐらいの心境なのだから困ってしまう。どう考えてももう五十近い自分なんて信じられない。

そういう若い気分といっしょにこの頃しきりに出家遁世への憧れが胸にひろがるのはどういうことなのだろうか。

祇王寺の智照尼は四十になる前、緑の黒髪を断ち剪《き》って僧体になられたが、その決断だけは今でも心から感服せずにはいられない。

私は頭の型が悪いので、くりくり坊主にするのは気がひけるけれど、切り下げ髪くらいにして、僧衣をまとい、ひっそり山深くこもりたい夢だけは日と共に深まってくる。

京都の山奥には、まだ、車で、一、二時間もかかるような仙境がいくつかかくされている。もちろん、冬になれば、すっかり雪にとざされてしまって、獣も通い難いようになってしまう。そういう所へ、たまたま迷い入る度に、ああ、こんな山里へ小さな庵を結び、余生をかくれ住めたら、どんなに心やすまることだろうかと思わずにはいられない。しかしその時、私の思い描く庵は、昔の絵巻物に見るような柴の戸のあるわら葺きの小さな家ではなく、こぢんまりした近代的な山小舎風のスタイルで、セントラルヒーティング付きなのが浮ぶのも時代のせいだろうか。

年と共に、人とのつきあいが面倒臭くなり、会や集まりに出るのがうるさくなるのも、私が遁世に憧れる理由の一つになるかもしれない。

それでも、そういう山里へこもってしまっては、淋しくてたまらなくなるのではないかと自問自答してみる。すると、今、こうして、東京や京都でうろうろして、たくさんの心温い友人にとり囲まれている生活の中にも淋しさは厳然として自分の背におおいかぶさっていることに気づき、山里へ遁世して後も孤独のため狂うことだけはないような自信が湧くのである。

遁世して、何をしたいのだろうか。

私はやはり、本を読んだり、物を書いたりの生活をつづけたい。書く以上、やはり活字にしたい助平根性からはまぬがれられぬと思うけれど、締切りに逐《お》われたり、月評を気にして、くさったり、有頂天になったりという現象からはまぬがれるような気もするのである。

浮世を離れ、自然の美しさの中にひたり、さて書くことは、うっとうなるような華やかな私の中の夢をつづりたい。

人間が枯れるとか、わびとか、さびとかにはまきこまれたくない。肉体は萎えても心の夢は多彩なまま死を迎えたい。

しかしそれはあくまで夢であって、人間の心というのは、肉体に伴って枯れ衰える仕組みになっているのかもしれない。

岡本かの子が、年甲斐もなく華やいでいたと語りつがれているけれども、よく考えてみれば、かの子は五十を迎えたばかりで死んでいるのである。すると、年甲斐もなくということばは、今に自分の上に、いやすでにもう自分の上にも冠されることばなのかと苦笑が湧いてくる。

ヴァージニヤ・ウルフが愛用のステッキを流れのほとりに残して自ら入水してはてたのは六十になったばかりだった。ウルフは癌だったそうだが、私は散歩姿のまま、さりげなく入水していったウルフの死を美しく羨ましいと思う。自殺者は私にはちっとも醜く見えない。人間の一生に出来る仕事の分量とか質量とかが、そのうち、コンピューターではじき出される世の中もくるだろうか。そういう時、果して、努力して生きていく自信のある人間がいるだろうか。人間は自分の能力の限界を知ったとか、よくいいたがるが、体力の限界は悟れても、能力の限界が悟りきれないところに生きていくエネルギーが残されているのではないかと思う。

私の遁世への憧れも、能力の限界を悟っての逃げ出しではなく、能力の限界を認めたくないばかりに、最後の歳月を一つことにしぼり煮つめて、その能力の限界までとことん発揮してみたいというさもしい念願からなのかもしれない。とすれば、私は所詮遁世は出来ても出家は無理な人間のような気がする。

（「オール読物」昭和四十五年十月号）

年末行事

二年に一度の割りで引越しするため、友人知人は、私ひとりの住所録をつくらないと困ると苦情をいってくる。それも、五年前、京都へ移ってからは珍しく、おとなしく居ついているので不思議がられていた。さすがに年をとって、引越し病いもくたびれたのであろうと見るむきが多かった。

豈《あに》はからんや。表向きはじっとしていたけれど、東京の目白台アパートの仕事場では、ちゃんと、二年に一度の引越しを実行していたのであった。

アパートの中で、空いた部屋へ移っていくのである。いくら同じアパート内といっても、やはり居つけば本など荷物が自然にふえるので、引越しの面倒さは同じである。

それをこりずにまた、今度は、目白台から本郷に移ってしまった。どういうわけか、私の引越しは必ず年の瀬にかかる。結局、年末にならないと、仕事のしめくくりが来ないというのが最大の理由だろうけれど、大正生れの私の中には芯に旧くささが残っていて、新年となると、どうしても気分を一新したい気持が生れてくるようである。

何も、三十一日と、新しい年の元旦と、どこがどう変っているわけでもないのに、明ければ空の色までしみじみ仰いでみたくなるから不思議である。

年の瀬の引越しは、いつでも運送屋や、家具屋や、いろんな職人さんたちの手も忙しいさなかなので、不都合なことが多い。それとわかっていて強行するところに、いっそう引越し病の醍醐味がかくされている。

一所に長くいると、どうも私はその場所の精気という精気を吸いとってしまったような気分がするのである。すると、その場所からは、いい作品が生れて来ない気持がする。私の前世は、おそらく狩人か、旅芸人でもあったのだろう。それとも狩人に追われる獣の方だったのだろうか。

居は気を移すとはよくいったもので、何でも新しいということは気分が新鮮になって若がえる。

京都の町はずいぶん変ったとはいっても、まだまだ日本の他の都会に比較すると、変らない方である。町はともかくとして、山や川は、何千年の昔のままの姿である。時々、町を歩いていて、その山や川を背景にした歴史を思い出す時、自分も現代の人間ではないような奇妙な感じにとらわれる。

それに比べたら、東京の町というのはおよそ、昔の名残りは何ひとつとどめていない。しかし、本郷界隈には、まだほんの少しだけれど、大正の匂いや明治の名残りがしみついている旧い町や、倒れかかった家が目につく。

そういうところに偶然ゆきあわすと、思わず立ち止ってしまわずにはいられない。この道やこの家にどれだけの歳月の爪あとが残されているだろうかと、改めて見直す気持になる。

岡本かの子は人間四十になったら根にかえるといった。四十歳も生きたら、一度、本然の姿にたちかえって、自分の生涯をふりかえり、行末の計画をすべきだという意味がふくまれているのだろう。

私はその四十歳から早くも十年近く生きのびてしまった。

美しく老いることと、美しく死ぬことは人間に残された最後の最大の事業であると思う。三島さんの死などもあって、いっそう、美しく老いることと、美しく死ぬことの意味を考えさせられる。ボーヴォワールは近年、たいそう「老い」を気にして、その書く物にほとんど、「老い」の主題が滲みだしている。フランスでは、ボーヴォワールのこの傾向を、あんまり「老い」に神経質すぎるという批評があるそうだが、ボーヴォワールは「老い」にそれほど神経質にならねばいられないほどに、「若さ」の尊さ、輝かしさを認めているのだろうと思う。

年をとるにつれて人は聡明さを増す筈なのだけれど、たいていの人間は五十をすぎると、自分で気づかず、頑固になって、頭も鈍り、肉体も衰え、情感は干上ってきている。自分より年長の人のそういう現象を見る度、年はとりたくないと切実に思う。しかしだからといって、人間五十になれば、自由意志でのめる命とりの薬を国家が配給してくれるとでもなれば、一番にかけつけて、それを貰うだろうかといえば自信はない。

してみるとやっぱり、人に嘲われるほど、ボーヴォワールのように「老い」を怖れながら「老い」について考えたり、書いたりするのであろうか。おお、厭なことだ。

昔の日本人はこんな場合、実に上手な「老い」の逃げ道を考えついている。「出家遁世」である。日本人の「出家遁世」には西洋人の「修道院入り」のような、思いつめた悲壮なところや、きびしさが感じられないのが愉しい。

西行や芭蕉がいつの時代にも新鮮に感じられるのは、日本人の心に、彼等のように世を捨てたいという憧れがひそんでいるからではないだろうか。しかし、女の出家遁世はまだどこかなま臭い。「尼」という字のつく出家や遁世には、何となくあきらめきれないみれんが揺曳していると感じられるのは私ひとりのひが目なのだろうか。ともあれ、引越してみたり、遁世に憧れてみたり、私の「老い」への道はまだまだ人間臭い矛盾にみちみちているようである。

（「産経新聞」昭和四十五年十二月二十二日）

途上

これは私ひとりの癖なのだろうか。私は旅をしている最中よりも、旅を終えて、何カ月か、何年か経って、その旅を思い出す時、突然、胸が高鳴ってくるほどのなつかしさを覚え、目にも肌にも、その頃の旅先の町の風景や風の感触や、物の匂いがふいにいきいきとよみがえってくるのである。

旅の最中にはそれほど心を捕えられたとも思わなかった、路端の花売りの老婆の表情や、はげた洗面器の中にぼろ屑のようにつっこまれていたすみれの花束のうらぶれた花や葉の色などが、なまなましい新鮮さで息をふきかえしてきたり、全く人と出逢わなかった炎暑の昼下がりの見知らぬ外国の田舎町で、いきなり目の前に飛び出して来て、道路を横ぎったやせた猫の、青い燐をふくんだ目の冷たさなどがどこからともなく私の前にかえってきたりする。

フランスのお城めぐりの遊覧バスに乗りあわせたミラノの鉄工所の陽気な肥った夫婦、小粋な緑のチロルハットを横っちょにかぶったスイスの登山電車のガイド、ノルマンディの原野を走る列車の中に乗りあわせたそばかすの目だつ物がなしそうな人妻、イギリスの田舎町から列車に乗りあわせたインド人夫婦がくれたはじかみの実のつんとした味、そうかと思うとソレントの町角で黒いショールを売りつけたえくぼの深いイタリヤ娘の小鳥のさえずりのような声音……私の旅の思い出の中から、よみがえってきて、私をゆり動かしてくるものは、名だたる名所旧蹟や名勝ではなく、名もない小路の中のあばらやの裏窓の鉢植や、子供のこわれた玩具のたぐいのようなものの方が多いのも不思議である。

思い出というものは万事、歳月のふるいにかけられ、色どりも落ちつき、懐旧の情というフィルターにかけられて覗くせいか、何ごとも現実の経験よりは何割ましかで美しくなっているようである。

それでも、心の襞の片すみに、いつ、どのようにしてしのびこみ、ひっそりと生きつづけていたのか、こういう思い出すことが我ながら意外なようなささやかな思い出のよみがえりに逢うと、人間の心の底のからくりの摩訶不思議さ、深遠さに、しばしうっとりと我を忘れてしまうようである。

そういう癖のあるせいか、私は人一倍旅好きの割には、旅の準備にはいたって不用意である。行くと決めた地も町も、それは何かの縁で引きあうのであろうと、まことに大ざっぱに観じ決めてしまい、あなたまかせ旅まかせの気ままさで、ふらりといきなり出発してしまう。

どんな遠い旅も近い旅も、私にとって旅はすべて同じ重さしか持っていない。

荷物もいたって簡単だし、馴れているので一時間もあればすべて持ち馴れたトランクやボストンバッグにつめこんでしまえる。

一時は入れた参考資料なども、たいてい出発間際には面倒になって放り出してしまうのだ。結局、着のみ着のままに近い身軽さで飄々と出発する。

私にとって旅をするとは、風に背中を押してもらって、歩き進むような気持である。そのせいか、飄々と旅をゆくという感じが自分の旅姿に最もあてはまるような気がする。

旅先で野垂れ死するかもしれないと不安の多かった昔の旅人にくらべて、文明の進んだ現在の旅が必ずしも安全とはいえないことは最近の交通禍の例が物語る。しかし、旅とは昔も今も、すべて若干の危険や冒険が伴うからこそ、スリルもあって魅力があるのであろう。平穏で、ぬるま湯的な日常性の中から脱出して、心や感覚の洗濯をするには旅が何よりの方法である。

徒然草の中で兼好法師は、出家を思い立ったならば、あれも片づけ、これも整理してなどいっていたら、いつまでたっても実行出来ない。すべてを投げうって、思いたったらすぐ果してしまうべきだという意味のことを書いている。私は徒然草のすべての章句は忘れてしまっても、何故かこのことばだけは忘れないだろうと思う。

今でも旅に立つ前には山積した雑用や仕事の山を見つめ、最後はこの兼好法師のことばに励まされて、後は野となれとばかりに出発してしまうのだ。出発というよりその時の爽快感は脱出という方がふさわしい。

もし、他人に迷惑をかけなくてすむなら、私は旅の途上の見知らぬ町の小さな宿で、ひっそりと、一人の知人にも見とられず、この世を去って行きたいと憧れている。いずこより訪れ、いずこへ帰る人間なのか、まだ、人間の生滅の秘密を悟り得ない私には生きている日々のすべてが、かりそめの旅の途上としか考えられない。

（昭和四十六年七月）

失われた日々

台所の壁に今ではもう古典的になってしまった日めくり暦がかけてある。もといた所の近所の薬局の名前が印刷してあって、目のまるい少女の写真がついている。大安とか、旧暦日とか、干支の絵とかが印刷されている。

日曜日は赤い紙、土曜日は青い紙、他の日は白い紙、メモノートくらいの大きさのその日めくり暦は、正月元日はカステラの大切りのように厚くて日と月がすぎていくにつれて薄くやせ衰えていく。

私の子供の頃は、どの家庭にもこの日めくりがかかっていた。今のようなカレンダーとよばれる、一カ月単位に印刷したものなどはなかった。

人々は日めくりを見て、

「あ、今日は旧の何日だ」とか、

「今日は気をつけよう、三りんぼうだ」とか、

「明日は友引だから葬式はのばした方がいい」とかいうのであった。

たいてい、日めくりをめくるのは子供の役目だった。小さな子供は脚立をひっぱって

きたり、椅子をひきよせたりして、柱時計の下の日めくりに手をのばしたり、台所の壁にのび上ったりした。

めくって不用になった日めくりは、鉛筆けずりの時、屑うけになったり、小さな鶴を折るのに使ったりした。

暮の三十一日になると、どの家も最後の大掃除のすんだ時、一枚だけ、散り残った紅葉のように日めくりの台紙にしがみついている最後の日をひきちぎり、そこに新しい重くて厚い日めくりをかける。その瞬間に、旧い今年はいよいよさよならだなという実感が子供たちに湧いた。

新しい日めくりには、たいてい表紙がついていて、鶴とか、松竹梅とか、朝日の出とか富士山とか、おめでたい図柄が印刷されていた。

元日の朝、まずその赤い表紙をぺりっとひきはがす時の胸の爽やかさ。それでいよいよ新しい年が来たという実感が胸にことんとおさまるのであった。

日めくりはよく子供たちの綴方の題材につかわれた。「私は日めくりです」という綴方を書く子供が毎年、どこかの教室に必ずひとりや二人はいる。

私は子供の頃、「鶴の恩がえし」の話を読んだ時、すぐわが家の日めくりが目に浮んできた。鶴が毎日、自分の羽を一本ずつぬいて機を織るあわれさが、日毎に人間の手でひきちぎられてやせ細っていく日めくりの姿に似ているように思ったのだろう。

鶴は泣くことを識っているし、最後の翅をひろげて逃げていくことを識っているが、日めくりは最後の最後まで無抵抗にむしりとられて、おしまいは紙屑籠に捨てられてしまう。

そう思って日めくりに大いに同情は寄せながら、子供の私はまだ、失った日々が、どこへ行ったのか考えてみる智慧はなかった。

日めくりへの同情は一瞬で、失った過去への追慕などはみじんもなかった。明日からはじまる未来だけに期待して胸がわくわくしていた。

手伝いの少女が、引越し荷物にいれてきて、毎日めくっていった日めくりの、やせ細った姿を見て、私は一種の感慨に捕われる。これは昔ながらに粗末なブリキの止め金がついているのだけれど、乱暴にめくられた三百枚余りの紙の残骸が止め金にくっついているので、次第にめくられる紙は、小さくなり、残骸の方が多くなっている。

プルーストの小説に「失われた時を求めて」という有名な小説があるが、この惨めなもうほとんど今年も終りに近い日めくりをみつめていると、止め金に、失われた日々の残骸がしがみついて残っているだけに、何となく、失われた日々の量感というものが伝ってくるから不思議である。あの平面のカレンダーなら、すぎ去りし日々、失われし日々というものも、そこにこれからの日々、やがて得る日々の日付と同じ文字で居並んでいるため、この喪失感というものがさほどに感じられてない。

私は日記をよくつけようと発心するくせに、日々の原稿に追われて、手いっぱいになり、日記がつづかない。そのくせ、日記に対するあきらめは今もなお捨て難くて、やっぱり、新しい大学ノートに、何度でもつけはじめている。そういうノートが何冊もたまっていて、時には思いきって焼いてしまおうかと考えながら、そう思って読みかえしているうち、失ったつもりの日々が、ありありとよみがえり、その日の空の色や、風の匂いや、陽の光りのきらめきが、肌に伝ってきて、ついなつかしくなってそのノートをまた元の引出しに入れてしまう。不思議なことに、私の場合は日記をつけようと思いたつ時は、心が高揚していたり、戦闘的だったり、意欲に燃えていたりする時ではないらしい。

ある愛を得た直後とか、激しいけんかの時とか、賞をもらった時のこととかは、一向に日記には出て来ない。私の日記の書きはじめというのは、揃いも揃って実にのどかな平凡な一日が、ことこまかに書き記されているのである。新しい愛のかたちにも馴れて、それがもう完全に、日常の中に繰りこまれてしまってなめらかにすべりだしている頃、私はふと、その愛を書きとめておきたいと思うのだろうか。それはあまりにのどかで、あまりにおだやかなため、記憶の網目から落ちこぼれ、この今日の一日の静かなみちたりた幸福感が永久に消えてしまうとかすかな不安や怖れを抱くのであろうか。おだやかな日々のことのほかは、暗い絶望感と虚無感が書きこまれている。そこには激しい怒りや、激しい焦燥はなく、疲れと、憂鬱と、孤独だけがある。

それらを読みかえすと、私にはどうもそれが嘘らしく思えてならない。も少し、ちがうのではないか。この場合の感情は、これとはちょっとちがっていたと、私の声がつぶやく。

いったい、誰に見せたくって書いたものか。作家が日記を書く以上、心のどこかでは、やはり、いつか誰かに見られることを計算にいれているのではないか。それにしてはあまりに不用意すぎるし、しまりのない文章すぎる。

日がたった時読みかえしている私の鑑賞眼は手きびしい。そして結局、こんなしまりのない日記は一日も早く焼き捨てるべきだと思い、思いながら、すぐにはそれを断行せず、また机の引出しの奥ふかくにつっこんでしまうのである。

本当にある一人の人間が生きた任意の一日というものを、突然に再現させることが出来たら、どうだろうか。人は死ぬまぎわになって、全生涯のことを一挙に光のような速さで思い浮べると、よく聞かされるが、そんな一瞬間にあわただしく、何十年もの歳月を思い出させてくれたってつまらない。

一番、お前のかえしてほしい、もう一度味わい直してみたい一日をあげようと、神だか何だかの声が聞えてきたら、ひん死の床の私はいったいどの日を選びとりたいだろうか。

私の読みかえす、私の旧日記の中にはそんな渇望するような結構な日は一日として見当らない。やはり、どこかに失われてしまった日々の中にそういう私の輝かしい、あるいはなつかしい、こよなく恋しい日々がまぎれこんでしまっているように思う。

（「マダム」昭和四十六年十二月号）

烈しい生と美しい死を

どうして私はこうも晩年意識が強く、死に憧れる心が日々烈しくなっていくのであろうか。この気持は二年ほど前からで、四十をいくつか越えた時からきざしているように思う。自分の年も人の年も、何としても満歳ではなじみ難く、数え年だと納得がいくような私の旧弊な心情の中には、やはり「人間五十年」の意識が根強く巣くっているのかもしれない。それに私の家系は短命と変死の家系だということが、私の意識の底に一種の宿命感を培っているのだろうか。

正月を迎える度、ちょっと改まった心情で自分のいのちについて考えたくなるのも、私の旧さであろう。

ところが私は、もう持ち時間が少いという強い意識に捕われはじめた頃から、かえって自分の心が華やぎ若々しく猛々しくさえなっていくのを持てあましている。

せっかちでそそっかしい私は、子供の時から歩く時、上体をもどかしそうに足より前に出し、つま先でつんのめりそうな歩き癖をしてきた。お茶を習ったせいで、人前ではこの癖は矯正出来ているが、それでも尚、ひとりで道を歩いていて、気がつくと、昔ながらの癖をだし、私は今でもつんのめるようにせかせかと、足より先に体をつき出して歩いている。そういう後ろ姿は、離れた目で見ると、われ乍《なが》ら心貧しげでわびしくていやだと思う。みちたりた人間は、かかとを土にふんまえて、肩をひき、ゆったりと顎をあげて歩いているものだ。何に充されたがっているのか、私の心はいつでもがつがつひもじげな表情をしている。

恋をしている時も、恋を失った時も、この心の表情はさして変らない。とすれば、私の心のひもじさは恋だけでは充されないものなのだろう。かといって、私は一日も恋をしないでは物を書く情熱が湧かない。とはいうもののもし私が七十まで生きて、ヘンリー・ミラーのひそみにならい、二十代の美青年と結婚したいとわめいたら、醜悪だけでご愛嬌にもなりはしない。

好色な老爺の芸術家は頼もしさを感じさせても好色な老婆の芸術家は不気味なだけである。コレットの生涯の作品にも生き方にも私はあこがれてきたけれど、老年のコレットについて、書かれたものを読むと、相当醜悪な感じの悪いお婆ちゃんだったらしい。五十になってまもなく「シェリ」を書いた直後くらいで死んでいたら、コレットはどんなにすてきに見えただろうか。

物を書かなくなった小説家というものは、たとえ過去にどれほどの傑作を書き、どんな偉大な仕事をしていても、私には博物館の中のこっとう品みたいで、ガラスケースごしに見るそらぞらしさしか感ずることは出来ない。狂気になった芸術家と、老いぼけた芸術家は意味がちがう。

毎年、年のはじめに当って、私は子供の時の習慣通り、年頭の計を心の中にたてる。ここ数年、私は毎年、今年こそは純文学の年にしようと心に誓う。私の純文学コムプレックスはもはや病気みたいなもので、元旦の計に必ずそう自分にいいきかすと同時に、私は一種絶望的な気持を味わっている。それが守りきれないことが、すでにその年の仕事のスケジュール表の中にはっきりとあらわれているからであるし、それでいてまだ私が、子供がほしい玩具を手に入れることが出来ず、泣きわめく時のような全身のせつなさにあえいでいるからである。

しかし、来年はちがうようだ。今これを書いているのは十一月の終りだけれど、私は年頭の計をたてているつもりでいる。

昭和四十三年の仕事のスケジュール表は、すでに四十二年までとは全くちがった様相をきたしている。私が需《もと》めつづけて得られなかったことがまことにすらすらと実現してきた。これはどういうことなのだろうか。この仕事の予定をすっかりこなしきった時、私はもう死んでもいいような気がしている。

生きるということは、一瞬一瞬、真剣に、生命の火を完全に燃やしつづける緊張した生活をすることだというのを私は岡本かの子から教えられたと思っている。ここ数年、私は私の能力の範囲では可能な限り、一瞬一瞬を燃えつくして生きてきた。しかし、火のつけ方もおこし方も下手だったのと、薪自体が乾燥していなかったので、不燃焼度が強く煙ばかり出して美しい焔が燃え上るまでにはいかなかった。

「生きた」という実感は、自分という薪が燃えだしぱちぱちと勢のいい焔をあげ、焔の乱舞が、烈しく華やかにあたりを熱し、明るませるのを見る時にこそおこるものではないのだろうか。

仕事をし、恋をしさえすれば他の一切のものは望まない。たったこれだけのことしか望まないのだから、たったこれだけのことで「生きた」という実感を完全に味わってみたい。

仕事をする頭が少しでもぼけ、恋をする能力が少しでも衰えをきざしたら、私はもう半日も生きていたくはない。

どの占い師もどの予言者も、頼みもしないのに私の運命を見ては、私が八十いくつまで長命だという。私のように楽天的な人間は、ほうっておけばたしかに八十や九十まで楽々と生きているのかもしれない。私は根が素直だから、そういう託宣や予言に出逢う度、それを信じそうになり、なかば絶望感にひたされる。私は長生きだけはしたくないのだ。しかしまた、楽天的な私はすぐ思い直すのである。

これまでの私の年々の占いや予言は、すべて裏目に出て、凶はすべて吉となってあらわれ、吉はすべて凶に近くなって訪れてきたことを——。したがって私の長命だという予言も案外、私の切望通り、せいぜい五十歳くらいで死に迎えられるかもしれないと——。

「死」が輝かしいきらめきを持って魅力あるものとして私に迫り出して以来、私は美しい死を死んだ女の生涯にいっそう惹かれるようになってきた。田村俊子やかの子や伊藤野枝の死についで、目下私を捕えている「美しい死」は管野須賀子の死である。

人間は生れてくることを選ぶことは出来ないが、「死」を選ぶことは出来る。望むらくは「美しい死」を選ぶ能力のある間に、私は烈しい生を生き畢《おわ》りたい。

（「新潮」昭和四十三年一月号）

「祇王寺日記」

　霧のような五月雨が小倉山の新緑をとかし、嵯峨野の竹林の碧を煙らしていた。十余年前のある日、はじめて祇王寺の庵主智照尼にお逢いした。縁《えにし》というものであろう。その頃まだ祇王寺は現在のように観光客の群をなす寺ではなく、小倉山の山懐にひっそりとかくれるようにうずくまった、荒れた感じの風情の深い尼寺であった。朽ちかけた屋根の形ばかりの門をくぐると、楓と紅葉の新緑が燃え上るような透明な緑に輝いていた。平家物語の有名な祇王、祇女、仏御前と祇王たちの母刀自の女四人が、愛憎を越えてかくれ棲んだというのに如何にもふさわしい、こぢんまりした尼寺であった。塵ひとつなく掃き清められた玄関の軒下のあか桶に、紫色の都忘れの一束が無造作に投げこまれているのが目にしみた。

　その時、庵の裏から人影があらわれ、紫の蛇の目の傘が開き、斜めにかかげられた。その下に、少女のように小柄できゃしゃな墨染の尼僧が立っていた。青々とそりあげた形のいい頭の下に、文楽の人形のように、照りのある白い古風な瓜実顔がかしげられていた。傘のかげから空を見あげた切長の棗形《なつめがた》の目が、これも人形の目のように、名刀でくりぬいたさわやかさで、やや吊りあがり、その目で静かに私の方を見つめてきた。

昨日のようにその日の智照尼の絵のような美しい姿が思い出される。その一瞬に受けた強い感動が、私に「女徳」を書かせる因になった。爾来十余年のおつきあいであるが、智照尼の美しさは私の目には少しも衰えないどころか、この一、二年、その美しさは、いよいよ澄み透った精神の輝きを白磁の壺の肌のような落ちついたてりで滲ませてきていられる。

今や祇王寺は嵯峨野随一の観光寺になってしまい、連日、観光客があふれ、庵主の静謐は破られてしまった。その責めの一端は、私の「女徳」にもあると恐縮している。その罪ほろぼしの意味もあって、私は智照尼の日記の刊行をすすめてきた。幸い、あらゆる欲を超脱されてしまっている智照尼をくどき落し、筐底《きょうてい》に長く秘められた日記類を出していただいた時、その厖大さに一驚した。智照尼には「黒髪懺悔」という自伝があり、その文筆の才は知っていたが、こうも丹念に日記を書きつづけていられるとは思い及ばなかった。

その整理をし、一冊の本にまとめることは、講談社の菊池裕子さんがすすんで買って出てくれた。智照尼の喜寿の年の春、祇王寺桜にさきがけて、この本が世に出ることもまた卒爾ではない仏縁であろうか。

この日記の中には嵯峨野の四季が美しくいきいきと記されている。源氏物語にも平家物語にも嵯峨野は美しくあらわされている。そして、尼の澄んだ眼にも嵯峨野はこのように映じている。一口に出家するというが、それが如何に難しいことか、しかも四十前のゆたかな黒髪を断ちきり、ありあまる煩悩を断ち、墨染の衣に身をつつんだということは並の決心で出来ることではない。

この世の労苦や愛欲の垢に疲れ、心濁る日々、私はいさぎよく出家遁世した中世の、「とはずがたり」の作者二条や、祇王姉妹や仏御前、それに智照尼のすがすがしい決断を想い、心を清められ慰められるのである。

この日記のよさは、智照尼にてらいがなく、素直で我ままで天真な心が率直につづられている点にあると思う。ここには悟りすました高僧の精進には縁遠い、人間味豊かなひとりの尼僧のおだやかな日常と、不思議なほどニヒルな達観が同居している。花も紅葉も、螢も雪も、月も風も、雨も陽も、智照尼には生きた人間のように語りかけるらしい。

雪の下の花の幽さに蚊帳吊らん
うき事は人にまかせて落葉焚く
美しきことはみな夢秋の声

こんな句を日記に書きつける尼僧が、かつては十四歳で大阪南地宗右衛門町富田家から千代葉と名乗り舞妓に出て、恋の証しのために、十六歳の時、自分で小指をつめたような情熱の少女だったと思えるだろうか。

数奇な運命ということばがあるが、「女徳」を書くため、智照尼御自身からその生涯を伺い、その文字はこの人のためにつくられたのかと思わされたことであった。並外れた美貌に生れついたために、かえって女の不幸のすべてを一身に味わいつくさなければならなかった運命が、そのまま仏縁につながるという不思議さに、超越的な存在の恩寵を思わずにはいられない。

「――私が昭和十年に此処へ住むまでの約三十余年のうち、祇王寺最初の住職を務められた京都水薬師の住職六条智鏡尼が兼務住職として、約七年間ほど折々顔を出される程度で、他に若い尼僧が交代で留守居をしていたというのが最高の記録で、六条尼公他界後は、入れ替り立ち替り、ものの三年と住みつく尼はなく、無住の時もあり、私が入庵する時も無住で戸締めになっていて、その荒廃振りは不気味で何か妖気を感じる程の有様であった。けれどもひと目祇王のみ像を拝み掌を合した時、不思議に心ひかれるものがあって、このみ仏たちが私を此処にお呼びになった、――そういう気持が即座に強い信念となって、私の心に固いみ仏への誓いができたのである。

一年、二年、三年と住むほどに住み難くは思いながらも、み仏たちに惹かれる心、住めば住むほどの静けさの深まる境地、――それが私に取って何よりの心のよりどころで、現実の住み難さがどれほどにあろうと、み仏の不思議なおん目の光りと、心の底まで沁み入るばかりの四辺の静けさに恵まれていることによって満足もし、祇王寺大事と住み暮してきた。――」

昭和三十年、年頭の日記の一節である。

「私は時々黒衣を着ていることも、頭を丸めていることも忘れ果てて、ただの婆さんいや、婆さんならまだしもただの女に返ってしまっていることがある。南無懺悔懺悔六根罪障……」

この序を書いている二月一日の未明、祇王寺は千古の静寂に包まれていることだろう。願わくは老尼の暁の夢に七彩の雪の降りそそげかしと。

祇王寺と書けばなまめく牡丹雪　　　智照尼

昭和四十八年二月一日

瀬戸内晴美

(『祇王寺日記』昭和四十八年三月刊)

道元と私

事、仏教に関して私は現在一字もおろそかに書きたくない心境にある。この原稿も電話で申しこまれた際、とっさに断わるべきであるという想いと、これも縁だという想いが同時に湧いた。なぜ、現在仏教にふれたくないのかは言えないが、やがて私はそのすべてを告白する時期をさけられないだろう。

道元は、二十数年前、学生時代から惹かれていた。たぶん、和辻哲郎氏の沙門道元などを読んでいたのではないかと思う。

しかし、学生時代はただ道元が、中世の名僧の中では、何だかすっきりしているという印象くらいしか持っていなかったように思う。しかし、最近、ここ何年来か、ひそかに仏教書に親しみはじめてから、若い頃直感的に感じた、「すっきりしている」との印象はまちがっていなかったように思えてきた。

親鸞の情熱や日蓮のはげしさも尊いけれど、現在の私は道元の「すがすがしさ」に最も惹かれるし、道元の明晰な文体に最も魅力を感じる。

そして正法眼蔵は、その文体のすばらしさに捕えられ愛読した。

現成公案《げんじようこうあん》は特に出来れば暗誦したいほど格調高い文章で、全篇詩のような美しい、緊張したセンテンスでつらぬかれている。

「諸法の仏法なる時節、すなはち迷悟あり修行あり、生あり死あり、諸仏あり衆生あり。萬法ともにわれにあらざる時節、まどひなくさとりなく、諸仏なく衆生なく、生なく滅なし。

仏道もとより豊倹より跳出せるゆゑに、生滅あり、迷悟あり、生仏あり。しかもかくのごとくありといへども、華は愛惜《あいじやく》にちり、草は棄嫌におふるのみなり」

「仏道をならふといふは、自己をならふ也。自己をならふといふは、自己をわするるなり。自己をわするるといふは、萬法に証せらるるなり。萬法に証せらるるといふは、自己の身心および他己の身心をして脱落《とつらく》せしむるなり」

こういう文章に逢うと私は、聖書を読むより心が澄んで来るし、何か安心感がある。

「生も一時のくらゐなり、死も一時のくらゐなり。

たとへば、冬と春とのごとし。

冬の春となるとおもはず、春の夏となるといはぬなり」

死も生も、道元はごまかしのない絶対の真実として見ている。春はあくまで春であり、冬が移ってきたのでも夏にかわるものでもないように、生といい、死といい、絶対のものので、永遠の真実であると見る。

「うをの水をゆくに、ゆけども水のきはなく、鳥そらをとぶに、とぶといへどもそらのきはなし。しかあれども、うをとりいまだむかしよりみづそらをはなれず。
只用大のときは使大なり。
要小のときは使小なり」

悟りをとくのに、こういう比喩をといて語る道元は詩人でもあったようだ。

最後は、

「風性は常住なるがゆゑに、
仏家の風は大地の黄金なるを現成せしめ、
長河の蘇酪を参熟せり」

と結ばれている。何という雄大な終章のひびきであろう。オーケストラの最後の壮大な余韻を聞くような思いがする。

正法眼蔵現成公案は、正法眼蔵九十五巻の真髄と骨子を説いたものだといわれるから、力強いのも当然であるかもしれないが、ここに書かれている緊張した一点のゆるみもない文章からは、宗教的なものより哲学的な説得力を私は感じる。

私は、仏にあこがれながら、他力成仏の救いにどうしても素直についていけなかった。

歎異鈔も熟読し、それはそれとして感動はしながら、

「煩悩具足の凡夫、火宅無常の世界は、よろづのことみなもてそらごと、たはごと、まことにあることなきに、ただ念仏のみぞまことにおはします」

という教えにうなずき、念仏だけ念じて救いが見えてくるとも思えないのであった。

親鸞や、日蓮が大衆の苦しみに近づき、仏教を特権階級から大衆のものとしたという点で有難がられるのは当然の理りである。しかし、だからといって、道元が、全く大衆の悩みに無縁で、従来の貴族的な仏教界にのみとどまったというのはあやまりで、私は、道元においては、貴族とか大衆とかの差別はなく、ひたすら、仏教の哲理や真実、そして真実の悟りに至る仏道への修証が大切だったのだと思う。

親鸞も「父母への孝養のためとて一返にても念仏まうしたること、いまださふらはず」

といいきっているが、道元は、親鸞の人間的煩悩の強さに比べると、本来、煩悩が薄い人であったかのように私には見えてならない。親鸞がありあまる情に苦しんだのに比べ、道元は、いつでも理性的で、智的にクールであった印象を受ける。

道元の正法眼蔵は論理的に一字一句ゆるがせにしないで論旨を次第に発展展開させていく。それは宗教をとかれているというより、人間認識のしかたを聞かされているように思う。哲学的な思考の方法は、理屈で納得出来て、近代人でもうなずかされる。真正の認識があって、そこに信を見ようとする。

「仏道をならふといふは自己をならふなり、自己をならふといふは自己をわするるなり、自己をわするるといふは萬法に証せらるるなり」

田辺元氏はこの章を、弁道話劈頭《へきとう》の、

「いまをしふる功夫弁道は証上に萬法をあらしめ、出路に一如を行ずるなり」

という語と共に、相対の絶対否定即肯定以外に絶対がないことをあらわすとしている。道元の仏道とは自分の心を見つめ、自分の弱さを信仰への意志で克服しようとする。道元はつとめて人間の感性的弱さを排斥した。

道元は、情熱をこめて出家をすすめている。道元においては信仰を持つということは畢竟《ひっきょう》出家への道につながっている。純粋に仏法に帰依するならば当然出家剃髪すべきだというのが道元の思想であり、道元のいう出家とは在家人と劃然《かくぜん》とした差がなければならない。

学道の人は衣食を貪ることなかれ。といい、学道の人、言《ことば》を出さんとせん時は、三度顧て、自利を他の為に利あるべければ是を言ふべし、利なからん時は止るべし。という、学道の用心、本執を放下すべしといましめ、学道の人、各自己身《おのがみ》を顧るべし、身を顧ると云は、身心如何様に持つべきぞと顧べし。ときびしい生活態度を需《もと》めている。学道の人は人情を捨つべきなりといい、遁世と言は、世人の情を心にかけざるなりともいっている。道元は出家は、世情や人情や情義を敢然と拒否し、仏法の真理だけにひたすら殉じることであった。在家の優位に出家を据える道元は、それだけのきびしさと純粋さを出家に課していた。

その人が出家するため、ひとりの老母が餓死しても、道元はその男に出家をすすめる。息子を出家させたという仏縁によって老母の餓死も荘厳されるというのが道元の考え方なのである。

非情の道元はそれならば心冷い人であっただろうか。私は愛欲の広海に溺れ、妻を何人もめとり、九十歳近くになって、尚若い愛人やその子への恩愛に心迷わせ、自分の死後の彼等の身のふり方を弟子にめんめんと頼むという親鸞の人間臭さ、あるいはあたたかさには、同情もし、うなずけもするのだけれど、仰ぎ頼りたいという心がそがれるのである。歎異鈔の親鸞の信仰は確かに感動的だけれども、私は自分自身が、罪悪深重煩悩熾盛の弱い人間だとの自覚が強いために、仏法への引導を渡してもらう人としては、九十歳で、肉親愛や男女の愛に迷う人は何だかかなしすぎるのである。

その点、道元の非情な透徹したモラリストぶりが頼りになる。その非情な冷い人に、切には

「然れば、明日死、今夜可レ死と思ひ、あさましきことに逢たる思をなして、切にはげみ、忌をすすむるに、悟をえずと云こと無き也」

と励まされると、ほっとするのである。

切に思うことは必ず遂ぐるなりという思想を私は道元からもらったような気がしていて、仏への道を教えられたと感じている。

「かくのごとく生滅する人身なり、たとひをしむともとどまらじ、むかしより、をしんでとどまれる一人いまだなし」

だからこそ一日も早く出家せよと道元は説く。

「すでにうまれたる人、いそぎ剃除鬚髪《ていじょしゅはつ》し、著三法衣して、学仏道すべし。これ余趣にすぐれたる人中の功徳なり。しかあるを、人間にうまれながら、いたづらに官途世

路を貪求し、むなしく国王大臣のつかはしめとして、一生を夢幻にめぐらし、後世は黒闇におもむき、いまだたのむところなきは至愚なり」

こういいきる道元は、「恩愛をあはれむべくば、恩愛をなげすつる」ことを教えている。

日蓮が行動の人であり、親鸞が情愛の人ならば道元は理性の人というべきだろうか。先のことはわからない。今、私は道元の仏教哲学に最もすくわれそうな予感を抱いている。

（「現代思想」昭和四十八年十一月号）

流域紀行――吉野川

子供の頃、春は巡礼の鈴の音に乗って運ばれてくるものと思っていた。その爽やかな鈴の音と物哀しい巡礼歌は、吉野川ぞいの黄金色の菜の花畑のかげろうの中から湧いてきた。私の郷里の阿波の徳島には、四国八十八カ所の霊場の御札所が、吉野川北岸の村々に、第一番の霊山寺からはじまって、点々と畑の中に建っていた。

南国の春は早く、三月の声を聞くと、もう吉野川の水はぬるみ、川ぞいの村落には、花々がいち早く可憐な色を競いあう。

菜の花畑の道を花から少し高く巡礼のすげ笠をのぞかせ、三々五々並んでくる。群れてくる巡礼の一行は幸福な善男善女の信仰と遊山を兼ねた愉しい旅路であったが、ぽつんとひとり、群れを離れたすげ笠が、花畑に埋もれるようにうなだれがちに歩いてくるのは、人の忌み嫌う業病に侵され、肉親からも見放されて、永遠に故郷を家を追われた漂泊の巡礼が少なくなかった。

やがては野ざらしと覚悟した彼等が、ただひたすら大師の慈悲にすがって、海を渡り四国に上り、吉野川の広い河口にたどりついた時、南国の熟れた春はあまりにその目にまぶしすぎ、明るく華やいで映りはしなかっただろうか。

　徳島の子供たちにとって、「おへんどさん」は毎日見馴れたなつかしい存在であり、またこの上なく怖い怪しい存在でもあった。泣く子をだまらせるのに、母親たちは、「泣きやまんと、おへんどさんにつれていてもらうよ」とおびやかす。辺土という文字を知らない幼い子供の神経にも、悲哀と旅疲れを影にひきずり、汚れきった白衣の旅人が、どこか遠い見知らぬ地の涯《はて》から長い旅をたどってこの町へ来たらしいとはぼんやり感じとるのだった。

「いやじゃ、いやじゃ、おへんどさんといくのはいやじゃ」

　子供は母親の腰に飛びついてぴたっと泣きやんでしまう。

　ハンセン氏病の治療が行き届いた現在、もうそんな物哀しい巡礼の姿は全くなくなったが、やはり現在でも、春風と共に巡礼の鈴の音は、吉野川ぞいの村々の花の樹かげに湧いている。

　子供の私にとって、吉野川は渡ったことのない海峡よりも、広大に感じられる光る水であった。春が吉野川から湧いてくるように、子供の喜びのすべてが、吉野川という宝庫におさめられていた。

　どの小学校でも、一年生の春の遠足は吉野川であった。

　長い吉野川の土手に駈け上る時、子供たちはそれまでの疲れも忘れて、いっせいに歓声をあげた。

涯しなくつづいた土手のスロープには、若草がしきつめ、タンポポやレンゲやつくしがつんでもつんでもつみきれぬほど生えていた。

青くさいよもぎをつんで草餅をつくってもらうという子供もいれば、レンゲの首飾りをつくるのに夢中の女の子もいる。つくしはたいてい、誰の手にもかかえきれないほどつまれていた。

川面は広く、眉山の上から見る紀淡海峡のように青くどこまでも広がっていた。吉野川橋の長さは東洋一だと先生が教えてくれる。東洋一というひびきは、子供の耳には世界一というひびきに伝わってくる。徳島に何でも世界一の長い橋があるのだということがひどく誇らしかった。

川面は河口に近いそのあたりではゆるやかに流れ、はるか向う岸の堤がかげろうの中にかすんでいる。更にその向うには阿讃山脈の山の背がくっきりと青ずんでいる。青い高い、光の強い空のどこかでひばりが高く鳴いている。鶯の声も、どこかの民家の庭あたりから聞えてくる。

葦が川面のあるかないかの微風にさやさやと音をたてる。

ゆっくりと白帆をあげた舟がいくつも上り、ぽんぽんと小気味のいい蒸汽船が砂をつんで下っていく。吉野川の橋の上を走る自動車も人も、たいそうのろのろ進んでいるように見える。

青い川波の中にどっしりと坐った十六の橋脚の上に、朱色に塗られた鋼製の曲弦ワーレントラスが、なだらかな眉状の背を十七連ね、優美に横たわっている。春霞のたつ日や、時雨に煙る秋の夕暮れなどには、対岸の方は、霞の中に包みこまれて見えなかった。全長一〇七一メートル、幅六・一メートルの吉野川橋は、今でも日本で三番目の大橋の面目を保っている。

私の子供の頃は、吉野川の南側の堤防まで遠足にいくのは小学一年生で、二年生になれば吉野川を渡り北岸まで行った。子供の足で歩いて十五分から二十分もかかったように覚えている。北岸は堤の下になだらかな洲が葦のかげにひらけていて、千鳥の足跡がついていたりする白い洲の上は、五月になれば潮干狩の人出で賑っていた。一日遊べばしじみやあさりがバケツに何杯もとれるのだった。

北堤の川口近くの土手下に十郎兵衛松が枝を拡げている。潮干狩に疲れて堤の上で弁当をひろげながら、子供たちは十郎兵衛邸の話を聞いた。たいていの子供は「箱廻し」と呼ばれていた放浪の人形廻しが、町角で人形をつかうのを見て育っているから、浄瑠璃の一つや二つは知っている。巡礼おつるの「ととさんの名は阿波の十郎兵衛、かかさんの名はお弓と申します」という文句は三つ四つの子供でも空んじていた。

現在では十郎兵衛邸の跡が観光名所の一つになっていて、お弓とおつるの銅像が陽ざしだけの明るいわびしい中庭に建っている。見る物もない陳列ケースの中に、人形師初代天狗久の、これは目の覚めるような鮮かな阿波木偶の頭が、憂鬱そうに目をむいたり、うなだれて肩を落したりして居並んでいる。十郎兵衛は、実在のこの地方の庄屋で、蜂須賀藩禁令の肥後米の抜荷買いをして発覚、処刑されたというのが史実とされている。それを核にして浄瑠璃作者たちが傾城阿波の鳴門の大ドラマに仕立てあげたのである。庄屋が米の抜荷買いをしなければならないほど、吉野川の北岸流域が持米不足に悩まされていたには理由があるが、それは後に書くことにしよう。

高知県土佐郡の西隅、瓶ヶ森山（標高一八九七メートル）に源を発して東流し、北に流れを変え、徳島県に入り四国山脈を横断し、大歩危《おおぼけ》、小歩危の奇勝を生み、池田町から再び東へ向きを変え、一気に徳島平野の真中を流れ下る吉野川は、その流路一九四キロメートル、日本で十二番目の全長を持つ。百二十四の支派流をあわせ呑み洋々として大河の風貌を形づくっているが、これが名だたる暴れ川で、一たび機嫌を損じると、たちまち大暴れに暴れ狂い、大洪水を起して、流域を水びたしにしてしまう。本州の利根川を坂東太郎、九州の筑後川を筑紫二郎と呼ぶのにならって、別名四国三郎と呼びならわされているが、如何にも三男坊の暴れん坊といった感じで勇ましい。三河川とも各地方の代表川であると同時に、それぞれ大洪水の点でも何れ劣らぬ歴史の持主である。吉野川の洪水量は、新宮川、利根川についで、これも日本三位とか。

もともと徳島平野は、北の阿讃山脈と南の四国山脈にはさまれた波の打ちよせる入海であった。そこへ吉野川が営々とたゆみなく上流から土砂を運び流しつづけて、入海を何万年もかかって埋めつくし、現在の徳島県の全面積の一割に当る大平野をつくりあげたものである。その上、数えきれない洪水によって、左右の沿岸に泥土を撒きちらしていった。この泥が肥沃で、畑作にふさわしい沃土を形成していった。

阿波の名が、そもそも粟国で、粟のよくみのる国という意味からも考えられるように、応神天皇の時代、千波足尼《ちわのすくね》が粟の国の国造《くにのみやつこ》に任ぜられてきた時は、粟が大代表的産物だった。その後、天富命が忌部族を率いて沃土を需《もと》めて来た時には、麻《こうぞ》を植えている。吉野川がつくった洪積台地、河成段丘、自然堤防などのすべてが、畑作を豊かにみのらす条件をそなえていたのである。藩政時代には、更に、藍、煙草、サトウキビ、そして現在の養蚕、野菜園芸まで、すべて吉野川が氾濫させた沃土に育まれてきた。

空港から車を走らせ、吉野川沿いの北方の村々を上流へ上っていくと、その辺一帯は往年、一面の藍畑だった地帯である。地名にも、藍園村とか藍住町とかにその名残りがしのばれる。

吉野川沿岸に藍を栽培し、藩の最も有力な財源としたのは蜂須賀家政だと伝えられている。家政が元和元年、播磨から藍種を取り寄せ、呉島（鴨島一帯）に試植したのが始まりだというのだが、阿波藍はすでに遠く平安時代から植えられていたらしく、その頃から藍は阿波が最良だといわれていた。ただ家政が藍作の保護奨励政策をとり、やがて蜂須賀藩の専売体制を成立させたことでその名が高くなったのであった。

吉野川の洪水はどんなに苦心して作った稲作も一日で流し去ってしまうが、その洪水が運ぶ微細の肥えた土砂で藍を育てその埋合せをした。

明治のはじめには「キリを立てる空地もないくらい藍を培養している」といわれた藍

畑も、今はもう何処にも俤《おもかげ》を残していない。藩政末期すでに輸入されていたインド藍の廉価に押され、明治三十年にはドイツから工業化された人造藍が入り、全く阿波藍の需要は減退し、その没落の速さも急激であった。

今では藍畑の跡は桑畑と菜園になっている。

元文五年（一七四〇）の記録には、名東《みょうとう》、名西《みょうざい》、板野、阿波、麻植《おえ》、美馬、三好の七郡、つまりは吉野川全流域にわたって、栽培されていたことになるが、中でも藍園二十八カ村を中心とする吉野川下流が最も盛んで、生産額も多かったという。藩には藍方奉行が置かれ、藍方御用場という独立庄屋クラスがあらゆる研究を積み、最高級品に改良していった。栽培や藍玉づくりの機関の役所を設けた。藍代を納めれば米の年貢を上納しなくていいとか、功労者にはその地区の貢米を与えるなどの政策に応え、栽培者の方でも秘法はすべて口伝で、決して書き物に残さず、その秘密を盗みにきた他国者とか、秘法を国外に売ろうとする者は、あくまで追及され殺された。

他藩から藍種を需められると、社交のため送ったが、それはいぶして芽が出ないようにしてあったという。

藩は藍作税をかけ、藍商以外の者の販売は厳重に禁止した。徳島藩は藍で全国でも有数の裕福な藩となり、藍商は販売の独占権を握り藍大尽の名をほしいままにする。

今でも残っている板野郡の藍大尽三木家の邸の結構を見ても、邸の外は深い掘割をめぐらせ、藍倉の白壁が高い土塀の内にいくつも立ち並び、大人がようやくかかえられるほどの大黒柱に支えられた邸は、まるで城のような豪壮なもので、当時の藍商の豊裕ぶりが察しられる。

畑の中を車を走らせていくと、他県では見られないような、がっしりとした百姓家が建ち、その瓦屋根の立派さは目をみはらせる。白い土蔵が強い秋陽をはねかえしているのは、すべて藍倉の名残りである。藍商は帯刀を許され、関所は手形いらず、各宿駅には大名の旅のように宿札を定宿にかかげた。遊びも豪勢をきわめ、大坂芸者を総あげして豆腐に松葉の田植えをさせたり、江戸の新吉原で遊女を総あげして大門をしめさせたりという豪遊ぶりであった。

しかし藍商たちのおごりのかげには、藍を栽培する農民たちのみじめな暮しの犠牲があった。

嫁にやるまい板野の村へ、夏の土用に足踏み車（根寄せ唄）
わたしゃかかさん藍園いやよ、夜水をとるのがせこござる（水取唄）
阿波の北方おきゃがりこぼし、寝たと思うたら早や起きた（藍こなし唄）

などの唄に、藍作労働の苛酷さの嘆きが伝わっている。畑作は、すべて稲作に比べて労働力が高い。星をいただいて畑に出て、星をいただいて帰り、まだ夜は夜なべがある。藍作りの百姓たちは、徳島南方の稲作中心の農民に比べて、はるかに苛酷な労働に耐えたが、藍の景気の華やかさにまきこまれ、暮しは自然派手になり、見栄をかざり、大きな家を建て、生活は盛衰が激しくあらわれた。その上、米がつくれないので、農民はいつでも飯米のためにあえいでいた。

吉野川の氾濫が生んだ藍作の繁栄と農民の苛酷な暮しの矛盾に目をつけ、藍作一辺倒の藩政に疑問を抱き、吉野川の治水工事と、流域農家の稲作への切りかえこそ、農民を救う道だと考えた人物があった。天明七年（一七八七）国府町早淵の組頭庄屋の家に生れた後藤庄助である。彼の家は尾張、相模に藍玉売場株を持つ藍商であったため、藍商の莫大な利益も、その生活の豪奢さも、知りつくしており、一方藍作農民の生活の苛酷さにも無関心ではなかった。四十五歳の時「吉野川筋用水寄申書」を書き郡代に提出しているが、その中に藍商人が他国で派手な散財をし、藩の財貨を失っている一方、百姓は大いに迷惑していると説いている。

二月はじめの種まきから六月中旬の一番葉藍刈まで、耕作の手間がかかる上、刈りとった葉藍は夜なべに夜なかまでかかって刻み、その翌朝は未明にその葉の乾燥にかかる。他国の手間雇いを多く雇いいれるが、彼等の寝ている間主人は寝ずの番をする。その葉を藍の寝床にひろげて発酵させ、スクモをつくる。毎日四回ずつ水をかけ七十日もかかる作業だ。それには藍師が雇われ、水師という専門もいる。スクモが出来ると臼でつき固めたのが藍玉になった。

そんな辛苦のあげく、正月には藍市で品評会があり、その賞に落ちれば恥だし、入賞すればしたでまた新しい苦労が加わる。なぜなら、その家は唐織物に金糸の幟を数十本も立て、欅の一枚板に、俵印と製藍者名を書いたものを派手にかざり、お祭りさわぎがある。使用人には揃いの提灯、手ぬぐい、はっぴを用意し、床に酒樽を据え、料理屋の手配をし、狂言役者を招く。その費用のすべては製造家の負担で、買付けの藍商は床の間を背に、存分の歓待を受ける。いくら高く買ってもらっても、入賞祝いの披露宴が連日つづいた揚句には、残るものは赤字の借金だけという泣き笑いの結果も多かった。庄助はこの点を力説し、嘉永六年三月には「藍師身持その他に関する申上書」も提出している。

今日もう藍の葉がどんな形をしているのか知らない子供も徳島には多い。車で走りぬける村々の畑には真赤な柿を背戸にみのらせたがっしりした構えの家に、かつて、藍つき歌が聞えていたことも想像出来ない。川を遡るにつれ、両側から山脈が近づいてくるが、阿讃山脈のなだらかな山の勾配の斜面にも畑と家が雛段のようにせりあがっているのが見える。

阿波藩が藍と共に専売制にしたものにサトウキビがあった。今でも高級菓子製法には欠かすことの出来ない阿波三盆は、サトウキビから製糖される良質の砂糖だが、これは吉野川流域の平地が藍でおおわれた頃、阿讃山脈の麓の扇状地帯のやせ土地を利用して栽培された。藩はこれも藍同様、保護の奨励策をとり、栽培と製造にぬけめなく課税して藩庫を肥やしている。

板野郡野引村に丸山徳弥という利発な少年がいた。貧農の息子なので十歳の時に鍛冶屋原の酒屋に奉公に出された。夜おそくまで読み書きソロバンに励むような少年だった徳弥は、そのあたりが石が多く、藍作にむかない土地なのに早くから目をつけ、土地にふさわしい作物を物色していた。二十六歳の時、酒屋を出て旅に出た。やせ地にもよいというサトウキビの良種を他国から盗む目的だった。日向のサトウキビを盗もうとしたが成功せず、薩摩からようやくサトウキビ三節を持ち帰り、試植した。

それが成功したのに勢いを得て、再度日向を訪い機械や製法を盗んで安永九年（一七八〇）帰徳した。

秘法はすべて他国持出し禁止なのは、阿波藍と同じだから、徳弥の苦心はおして知るべきものであった。やせ土地で、良質の藍がとれず、あえいでいた百姓は、徳弥にみならって、サトウキビにとびつき、豪農たちも協力して、徳弥は研究をつみ、黒糖から白糖の製法を完成、四十二歳の寛政四年（一七九二）には、ついに阿波三盆糖の製出に成功した。阿波藩はこれを見逃さず、文化二年（一八〇五）には徳弥に「白黒砂糖の製法伝授は一子相伝にして他人に教うるべからず」という文書を渡している。

藩主蜂須賀治昭は、丸山徳弥を「サトウキビ奨励指導係」に任命し、やがて十アールあたり銀五匁の栽培税を設けて、徳弥は苗字帯刀を許され「南北七郡砂糖製作税徴収目付役」に任命されている。阿波三盆糖の名が全国に高まるにつれ、藩はきびしい消費統制をした。

その当時は子供たちがかじるキビさえ思うにまかせなかったらしい。私の子供の頃はそれでもまだサトウキビはよく吉野川流域の村から売りにきたり、田舎の親類がみやげに持ってきてくれていた。町の菓子屋で買える駄菓子に食べあきた口には、固い皮をむいて、さくさくした白いキビの肉に歯をたて、かじったあとでちゅっと吸いあげると口中にたまってくる汁の甘味が何ともいえない美味に感じられたものだ。

砂糖もまた藍と同じように明治以降外国糖が輸入されてからは、がたっと需要が減ってしまって、今日もう沿道の畑にキビ畑をさがしてもそれらしいものが一向に見当らない。

「そのかわり、みかんは南のものと決っていたのに、この頃は、阿讃山脈の日当りのいい土地に、吉野川の水をひいて、今ではいいみかんが出来ていますよ」

と運転手さんが教えてくれる。五十年配のこの人は、おっとりしていて、何か聞かなければしゃべらないし、聞くと、とっくり考えて、忘れたような頃にゆるゆるした口調で返事する。私が、生れは南かと聞いたら、

「いや、北方です。御所です」

という。徳島では北方の人間は「はしこうてきつい」(機敏できつい)といい、南の人間は「まるい」という。徳島県を大別して、徳島、鳴門の両市、名東、名西、板野、阿波、麻植、美馬、三好の七郡即ち吉野川流域の一帯が「北方」、小松島、阿南両市と、勝浦、那賀、海部の那賀川流域の三郡が「南方」である。北方が畑作のため、労働がき

つく、目先の利にさとくなり、生活は華美になるのに対し、南は田作なので生活が安定し、質素で堅実である。北方に比べて、家の盛衰は少なく、人情もおだやかでのんびりしている。私が運転手を南の人かと思ったのは、北方人らしいはしこさがなく、いかにものんびりみえたからだった。しかし、それは私が息苦しい秒刻みの大都会の生活に馴れすぎ、故郷の生活のリズムとテンポが全く合わなくなっているからかもしれなかった。

「あの橋は何？　殺風景ねえ」

私は吉野川にかかったまるで一枚板を置いたような、何のかざりも味もないコンクリートの細い低い橋を指さすと、彼はゆったりした口調で、

「あれが潜水橋です」

という。川面すれすれのような低い橋は水が増せば水底にもぐってしまう。もちろん、人は通れない、それでもどんな大水でも、四日とはつづかない。人は、出水の時だけ、その橋の利用をあきらめればいいのだ。渡しのかわりの徒歩橋は、費用を最低限につめてこんな形になったらしい。運転手は吉野川は北岸と南岸、上と下の表情はちがうから行きは北岸を、帰りは南岸を通る方がいいと予定をたてている。

「自動車で空《そら》へいくには、ほんまは南岸の方がええ道が出来ていて楽やけど」

運転手はひとりごとのようにいう。空へ行くというのは何も青空へ舞い上がるというのではなく、徳島では吉野川流域を西へ向って、つまり上流の方へゆくのを「上《かみ》へ行く」あるいは「空へ行く」といい、東、つまり徳島市に向って行くのを、「下《しも》へ行く」

という。列車の上り下りとは反対の呼び方をする。あくまで川を本体にしての呼び方は、それだけ、吉野川がこの地方の土着人の生活を根深く左右していたからだろう。

巡礼の札所は、北岸の阿讃山脈ぞいの麓の板東の第一番霊山寺に始まり、山脈に沿って上へ向い、極楽寺、金泉寺、大日寺、地蔵寺、安楽寺、とつづき、第七番十楽寺までたどりつくと、それにとなりあって御所の村がある。御所とはその名が示すように承久の乱で配流された土御門上皇の行在所のあったところである。今はその跡に阿波神社が建っていて、今なお、村民の尊敬を集め丁重に祀られている。

増鏡には土御門天皇のことを、

「御本性も、父御門よりは、すこしぬるくおはしましけれど、情け深う、物のあはれなど聞こし召しすぐさずぞありける」

とか「よろずのこと、もて出でぬ御本性」とか表現している。性質がおだやかで、父君の後鳥羽院の、きわだって聡明で派手で、激しい気性とは似ていず、万事につけ、おとなしく、やさしく、情愛の深い方だったということである。四つの時、帝位につけられるが、まだ二十をいくつもすぎない後鳥羽院は、院政をしき、政治はずっとみられたから、土御門帝は名だけの帝であった。そのあげく、十六歳で、弟の二歳下の順徳天皇に位を譲らされている。後鳥羽院が土御門帝より「すこしかどめひて」(才気がありは、きはきしている)いたという弟宮の方を寵愛されて、一方的に位を下されたのであった。

この時も、土御門帝は本来のおとなしい性格のため、内心口惜しく残念に思いながらもそれを表にださず、何の抵抗も示さなかったので、周囲の方ががっかりして頼りなく思ったと増鏡は記している。後鳥羽院が討幕の密謀を抱いた時も、順徳院とは計られたが、土御門院はつんぼさじきにおかれていて、全くあずかりしらなかった。

それでも、後鳥羽院側があえなく敗れて、鎌倉方が怒濤のように京におしよせ、後鳥羽院は隠岐に、順徳院は佐渡に配流がきまった時、土御門院は、幕府からはとがめがないのに、父院が遥かな辺地に配流されるのに、のどかに京にはいられないと、御自身から配流を希望し、承久三年十月十日土佐に流されている。他の二院は七月に配流されているから、三月もおくれている。増鏡には、この下向の時、わずかな供を従え、粗末な手輿車を召され、道中、吹雪に逢い、こし方行末も見えず、袖も凍って、難儀され、

うき世にはかゝれとてこそ生まれけめ　ことはり知らぬ我涙かな

と、前世はよほど悪因縁をうけたからこそこんな情けない目にも逢うのだろうと嘆かれたとあるが、これは「承久記」には、土佐から幕府が、少しでも京に近いところへとその翌年阿波へ移された時の道中のこととしてあげている。

「角テ土佐国ニ付セ給ニ、御栖居ノチイサキ由申セバ、阿波国ヘ移ラセ給程ニ、阿波ト土佐ト両国ノ中山ニテ、俄ニ大雪降ツツ、前後ノ路モ分難ク、御輿カキモ歩カネ、上下ノ輩行ヤラザリケレバ、御コシカキスヘテ、如何ナルベシ共不覚云々」

とあり、同じ御製があげてある。これは、私には、承久記の方がリアリティがあるように思う。その年の閏《うるう》十月のこととあるが、旧暦の十月、たとい閏でも十月や十一月に

土佐でこんな大雪が降るのは珍しいといわねばならない。私は十年近く前のある冬、たまたま土佐から車で、阿波入りをしたことがあったが、その時大雪に逢い、大歩危、小歩危のあたりで、立往生してしまったことがある。全く、降りしきる雪に前後の見境もなく、下は千仞《せんじん》の断崖の底に、急湍《きゅうたん》がとどろき、その上にも吹雪が凄まじく舞い荒れていた。チェーンをつけた車でも行き悩み、何時間もそこに立往生した。その時、土御門上皇の、この歌を思いだし、これは、増鏡より承久記の方がリアリティがあると思ったことだった。

しかし、そんなきびしい山越えをして、阿波にわたられ、吉野川北岸の阿讃山脈の日当りのいい山麓に行在所を構えられた上皇は、どんなにか、のどやかに御心が慰められたことであろう。

これも、昨年の旅の記憶だが、まだ春の三月の頃、私は思いたって、姉と二人、白衣にすげ笠、杖に鈴を持ち巡礼姿に身をやつして朝立ちしたことがある。第一番から日暮れまで、行けるところまで行ってみようという一日巡礼だったが、それは思いがけない愉しさに恵まれた行程だった。本道から外れた巡礼道は、いたるところに、桃や杏や彼岸桜が咲きみちており、わらじの足もとにはすみれやタンポポやれんげがまつわり、陽はあくまでのどかに照り輝いていた。

道がかすかになり、方向に行き悩むと、草むらの中に「へんろ石」を探してみる。たいてい「へんろみち」と彫られた小さな道しるべの石はのびすぎた雑草の中に埋もれていたり、小川のふちに横だおしになっていたりする。どの石も長い風雪にさらされて、角はまるく、文字の鑿《さく》あともおぼろにかすんでいた。

空気は花の匂いにむれ、蜜蜂の翅音と蝶の影が、私たちの振る鈴の音にまつわるようについてくる。

ふいにさやさやと鳴る水音に首を廻すと、びっしり生いしげった女笹のやぶかげを、小さな小川が底の水草の色まで鮮かに洗いあげて足許を流れている。やぶかげの家のひっそりしたたたずまいと、その庭の椿の赤。どこかに似ていると思うと、それは私が日頃歩き馴れた京都の嵯峨野のあたりを迷っているようなのであった。今の、もう、観光客でごったがえしの嵯峨野ではなく、十年前の、まだ、ひっそりとした嵯峨野のやぶかげや畑中の小路に、それは何と似ているだろう。女の足でゆっくり歩いて、寺々で小憩をとりながら、日暮れ前には第五番札所の地蔵寺までたどりついたのを思いだす。

おそらく、京都から土佐へ行かれ、阿波池谷《いけのたに》へ来られた土御門上皇は、このあたりの風景に、京をしのばれ望郷の念に苦しめられる一方、配流の淋しさを慰められもしたのではないだろうか。北面の武士一人とわずかな召次《めしつぎ》の者だけがお供をしていたというから、行在所もさぞ手狭なものだったにちがいあるまい。それでも、早くから弘法大師の大慈悲の功徳にあやかり、他国者の巡礼たちをあたたかく受けいれるのに馴れている阿波の土着の民たちは、この高貴で悲運な流され人を心からあたたかく迎えただろうと察しられる。荒海の潮風にとりかこまれた隠岐や佐渡に比べたら、同じ島国とはいえ、阿波の吉野川流域のこの行在所は何というおだやかな土地だったことか。平安時代から、阿波へは淡路づたいに鳴門を越えて、京の人が多く入っている。清少納言も、晩年は鳴門に住んだという伝説が伝わっているくらいである。今は行在所の跡に阿波神社が建ち、参拝者が絶えない。

土御門上皇は阿波で十年の歳月をすごされ、寛喜三年（一二三一）十一月十一日、三十七歳で他界された。三上皇の中では最も早くおかくれになったが、考え様によっては、配所の憂き目から最も早く解放されたともいえよう。今でも、御所あたりの老人は、何か情けない事に出逢うと、「ああ、うたてなのことやなあ」とため息をつく。そんな雅びなことばが自然に口をついてでるほど、京ことばが吉野川沿岸には残されている。私のこどもの頃は何々して下さいというのを、大人も子供も「何々してはいりょ（配領）」と、すんなりいっていた。今でも徳島では、夜、眠りから覚めることを「おどろく」という。これは王朝時代、目を覚ますことを「おどろく」と使ったのとそのままの使い方である。また寝ることを「げしなる」ともいう。御寝なるからきたことばで、これも王朝のことばの名残りであろう。京との交通は紀淡海峡を越えて相当あったとみてとれる。土御門上皇の十年の配流の歳月にも、他の二上皇の所に比べれば、地理的にも京に近いし、ひそかに見舞う人も、便りも一番あったのではないだろうか。三上皇の没後、鎌倉幕府は土御門系の王子邦仁王を皇位に即けている。後嵯峨天皇で、その後はこの系統の天皇がつづくことになる。

配流といえば、今でも、本州から徳島へ転勤してくる官吏や会社員は、よく「島流し」にあったといってしょげかえる。まだ四国の徳島などは文化果つるところとでも思っているのであろうか。それでも戦前には、新しく就任してきた女学校の先生が、
「かの有名な鳴門秘帖の舞台の憧れの地を訪れることになり……」
といって挨拶したものであった。鳴門秘帖にはこの川の上流に住みついた蜂須賀名物、原士《はらし》の大活躍が見ものである。

黒縮緬のお十夜頭巾を寝る間も風呂に入る間も外したことがないという美男で無類の色好みのお十夜孫兵衛、商売は辻斬、本名は関屋孫兵衛、もと阿波の国川島の原士、腕は丹石流据物斬りで非凡、というのが吉川英治のつくりあげた鳴門秘帖の重要な脇役の一人である。

原士というのは一種の郷士だが、蜂須賀藩だけにある半農半武士であった。蜂須賀家の祖小六家政が入国の頃、諸国から仕官を需めて集ってきた昔なじみの浪人たちの処置に窮し、未開の山地を与えて住みつかせた。彼等は平時は田畑を開墾し、軍陣には鉄砲二次の槍備えにあてられ、格式は郷高取、謁見も許されていた。武芸に秀れ、剽悍《ひようかん》なこと群を抜く。原士千石といわれるほどの豪族も生じていた。鳴門秘帖では、その上、島原の役のキリシタンの残党が加わったという設定になっている。

彼等は吉野川上流に住みついて原士になってその豪勇を怖れられた。お十夜孫兵衛もかくれキリシタンの一家で、母の意見の形見の十字架の傷を額につけ、頭巾がぬげない

するというのであった。主役の法月弦之丞や見返りお綱にからまって、原士は大いに活躍する。阿波藩の鎖国政策と討幕計画をからませるという構想であった。

それより以前、阿波は南北朝時代に、山岳武士が南朝に味方して、平野武士の北朝方、細川家と対立し、大いに細川勢を悩ましている。やはり、吉野川上流の山岳地帯を開墾し、やせ土地に畑をつくって、粗食に耐えながら抵抗しつづけた。細川入国から約半世紀近くもその根強い抵抗はつづけられたというのだから、相当な武力の者が残っていたのだろう。

徳島から池田まで通じている徳島本線は、川田駅あたりから、ほとんど吉野川の南岸ぞいにぴったり密着して走っている。このあたりから、車窓の風景は吉野川を真下に見下し、またとない展望となる。流れは青みを加え、上流になるほど川脚は速くなり、その流れを、この川の名物の青石の巨岩の群れがはばみ、しばしば水晶を砕いたような飛沫をあげ、七色の虹を呼ぶ。流れの岸には竹藪が多く、藪の向うに、阿讃山脈が紫色につらなってみえる。

川田には鳴門についで徳島が自慢する天下の奇勝「土柱」がある。川田駅から北方へ向って約四粁《キロメートル》、阿波町参西山にそれはある。昭和九年、文部省から天然記念物に指定され、今では鳴門につぐ呼び物の観光地となっている。

土柱は、土塔、土筍、土板、或いは雨裂天然溝などの呼称もある。土柱は半乾燥地帯の悪地が、長い歳月をかけて雨水に浸蝕され、いわゆる雨谷を生じ、その雨谷が大雨の度に、いよいよ、谷を掘り、岩石や土砂を洗い流して、悪地で植物も生えないむきだしの山肌に、無数の筍状の土の柱や、波うつ襞を刻みつけるものである。

阿波の土柱は平安時代のはじめから、もうその形が歌にもよまれている。今では山の入口に、土産物屋が出来、山路も整備され、土柱の頂には休憩所や料理屋まで出来ている。土柱は一所ではなく、波濤嶽、橘嶽、灯籠嶽などの土柱群がよりそっている。アメリカのロッキー山脈東部のものや、オーストリアのチロルのものなどと並んで、阿波の土柱は大規模なものと謳っている。

私は子供の頃から何度か訪れているが、やはり、樹も生えない赤土の肌を寒々とむきだし、無数の波がたけりたっているような山襞が縦に走っている波濤嶽の景観が、最も圧倒的だった。春も、秋も、それぞれに趣はあるが、十年前、大歩危小歩危の雪越えをした旅の足をのばし、全山雪につつまれた山道を膝まで雪につかりながら波濤嶽にたどりつき、雪化粧したこの奇勝を仰いだ時ほどの壮観は二度と見られないと思った。

久しぶりで訪れてみると、観光客で賑い、高い土柱の頂にも、見物の人々が豆粒のように動き廻っていた。山下清画伯が、生前この地を訪れて写生しているが、その時の感想文には、

「ここの景色は兵隊の位にしたら将校かな。おなじ将校でも、まえにみた鳴門にくらべるとちょっと下だな。鳴門は佐官で、土柱は尉官というところだろうな」

とあった。

川に「いのち」を感じとり、それを自分の文学の核と据えて、他に類をみないユニークな小説家となったのは岡本かの子であった。

かの子は多摩川のほとりに生れ育ったが、多摩川はかの子にとって単なる川ではなく、揺籃であり、乙女の生命と詩情と憧れをはぐくむ聖なる乳であった。「川」という全編散文詩のような美しい短編小説の中に、彼女は、川は白水晶や紫水晶から滲み出るものと思っていたと書いている。多摩川に劣らない水量豊かな吉野川の水は、上流に上るにつれ、その透明度を増し、翡翠の琅玕《ろうかん》に似た真緑の水を青石に砕き、硝子の粉のような飛沫をあげる。最近、庭作りに熱中し、樹から石へ興味を移している堀画伯が、スケッチブックを広げながら、

「吉野川の水がこんなに青くて美しいのは、川岸に青石があるせいでしょうか」

とつぶやかれる。吉野川の青石は、造園家の垂涎の的である。イサム・ノグチが評価して、買付けにきた頃から急にその真価が有名になった。薄緑の色に、白や淡褐色の斑がほのかにまじり、どの石も、吉野川の水勢に永年かけてけずられているので、まるで女の肌のようになめらかに磨かれている。

昔はもっと青石が群れていて、そこに水が渦巻き、急湍をつくっていたように思うのに、どうも川がのっぺりみえて仕方がない。川ぞいのところどころに、おびただしい青石が山とつまれているところがある。

青石を採ることは県で禁止しているのだそうだが、あまり守られていないのだという。

これだけおびただしく採りだしていては、川がのっぺりする筈だと思う。

そのうち川の水の色までちがってくるのではないだろうか。

池田へついたのはたそがれ時だった。焼かれていないので鄙びた古風な町は、しっとりとしている。宿への道を聞いても、「あっち」と、まるで幼女のようにたどたどしくいって指で示す中年の女の人の表情ものどかだ。四国四県の屋根のような位置にあるこの町は、昔栄えた宿場町らしい俤もそこはかとなく残っている。

山国の秋は冷たい。夜、宿の分厚い蒲団をかむって寝ても、しんしんと軀の芯に寒さがしみとおってくる。女学生の頃、この町から来て寄宿舎に入っていた上級生があって、招かれてはじめて池田を訪れた時のことを思いだす。吉野川に屋形舟を出し、釣りたての天然の鮎を舟で料理して食べさせてもらった。後にも先にもあれほどの美味しい鮎はまだ食べたことがない。今夜も鮎は出たが、もう吉野川では鮎はとれないという。

池田は、今では鉄道で四県へ通じる要の駅になっているが、昔は徳島・池田間を吉野川を上下する船便の終着駅としても重要な交通の要であった。ひらだ舟やいくいなと呼ばれる舟が動いていたが、このいくいなは京都の高瀬舟をそっくり写したものだったという。

高瀬舟が吉野川上流に浮いていたなどあまり知られていない。大きなひらだ舟の積荷は、上流から藍玉藍葉、すくも、薪炭、砂糖、煙草などで、上りは徳島や撫養《むや》から、塩、肥料、石炭、米麦、雑貨を運んだ。船頭は船長と仲買商人の役を兼ねていたという。

池田町は山と山にはさまれて、両側は段丘になっている。このあたりの山畑は煙草の栽培地として名高い。阿波藩では、藍とともに煙草も奨励政策をとった。山間地のやせ土地が、雑穀さえとれないのに、葉煙草だけには土質や陽当りや排水が適していたからであった。

幕府が煙草禁令を出した時も、阿波藩は、煙草の栽培を禁止するどころか、見のがしている。池田では、早くから近くの山地の葉煙草を集め、刻み、刻み煙草製造の中心地となった。池田の中村武右衛門は、寛政七年（一七九五）北海道から昆布切りの機械をとりいれ、改良して煙草を刻みはじめたという。

刻み煙草は火つきがよいので、漁師に特に好まれたらしい。しかし煙草作農は貧農作物と名づけられているくらいで、労働量に価する収入がない。煙草栽培地では女が男の二倍も労働している。そんな見合わない煙草も、それに代る作物がないからやはりつくられている。

藩が奨励した藍と煙草の作農民が、共に一揆や騒動をひきおこしているのは皮肉である。藩政時代、阿波には二十余の農民騒動があったが、その六割余は山間農民、つまりは煙草作農民によってひきおこされ、八割余が吉野川流域であった。畑作農民が如何に苛酷な労働と、重税に悩まされていたかうかがわれる。

五社宮事件という藍作農民の一揆と、上郡騒動と呼ばれる煙草作農民の一揆が、代表的なもので、その両者とも、リーダーは、山口京右衛門（二十一歳）をはじめ、百姓函作、与市、次郎などという二十代の青年であった。京右衛門は川原ではりつけにされ、処刑される時、竹矢来の外にひしひしと集ってきた農民たちに向って大声で呼びかけた。「自分等は北方の百姓の困苦を救うため立上がってこの刑を受ける。自分らが殺された時は念願達成の時だ。皆の衆、かぶりものをとれ」

群衆は粛然として笠をぬぎ手拭いを外し、京右衛門に向って深く頭を垂れた。二突きの槍で彼は絶命。数万の群衆は慟哭して一斉に「なむあみだぶつ」と称名、合掌していた。藩は彼等の処刑後、改正を断行、農民の要求に大幅に答えている。宝暦六年のその事件から八十余年後の天保年間も大飢饉があり、農民たちは重税にあえいだ。百姓函作をリーダーに蹶起《けっき》した農民たちは、ムシロ旗をかざし、竹槍やオノ、カマ、スキ、クワなどを武器に、どしゃ降りの雨をついて、池田の郡代役所めざして突撃した。これを組頭庄屋の深川弥五右衛門が必死にさとし、伊予の今治領へ集団越境させた。集団越境は藩政の乱れの証拠になり、幕府に聞えると、藩が制裁を受けなければならない。阿波藩は狼狽し、犠牲者を一人も出さぬという条件つきで今治藩から全員引渡してもらい、年貢もいく分ゆるめてその場は収めた。

そのまた一カ月後の一月四日に函作がリーダーで暴動を起し、続々と暴動が起って、藩は漸く、農民の要求をのんだ。決起には勝ったが、函作は舟で池田から徳島まで送られ、斬首。さらし首になった。つづいて、祖谷《いや》山でも騒動が起っている。これら上郡一揆は、畑作貧農のやむにやまれない最低生活確保の血のあがきであった。

山国の朝は空気が冷たく、陽ざしは強い。早朝に池田を出て、車で祖谷へ入る。この所の人だという運転手さんはまだ若くさわやかで、東京の誰と誰を案内したなど話してくれる。山道はもう車が通りやすく舗装されているが、名にしおうつづら折りで、窓外の渓底を覗くと目まいがしそうになる。早い紅葉がしていて、山の樹々は花より美しく彩づきはじめている。

徳島には昔から祖谷美人ということばがある。平家の落人平国盛が屋島の合戦に敗れてこの山奥に逃げのび住みついたのがこの地方の祖先だというのである。ヒエやソバしか食べられないこの山奥で血統が保たれていくうち何となく雅びな面影をのこした美人が伝わったというのである。

今では山の途中に温泉が湧き、ホテルがたち、観光地としての名を高めかけていた。折りからの新平家ブームで、そのプランは時を得顔に見える。しかし、東京タワーより深い谷といわれる瞰雅渓の真上だという岩の上に品の悪い小便小僧の銅像などたててあるのはどういう神経かと疑われる。青石のみごとなものが、さすがにここからは持出し難いのか渓底に折り重なって盛上がっている。名物かづら橋を渡ってみる。白クチ蔓で造られた吊り橋は、平家の落人が敵がきたら切り落すためとも、弘法大師の架けたものとも伝わっている。ここには観光客が群れをなしていて、民謡館からスピーカーで歌を流している。興ざめて、その向うに行く気持をそがれてしまった。

祖谷のかづら橋蜘蛛のいの如く

　風もないのにゆらゆらと

歌詞は美しく、節も哀調がある。どこかの農家から通りすがりに聞いたらどんなにあわれ深いだろう。祖谷から大歩危、小歩危へ廻ったが、十年前雪中に見た面影はしのぶべくもない。観光地としての面目を一新した天下の奇勝は、絵葉書じみてわびしかった。やはり、ふるさとは遠くにありてしのぶものだっただろうか。

（「朝日新聞」昭和四十七年十一月七日〜二十日）

Ⅲ

未知の招き

今年は、昭和十四年二月十八日に死亡した岡本かの子の歿後三十五年に当る。かの子は人も知る仏教研究家として造詣深く、学識も広く深かったが、得度を受けた信者というのではなかった。一平が買ってきた水晶の観音像を愛惜して、常に身辺に置き、雄渾華麗な字体の見事な観音経の写経も遺しているが、ある時などは、持仏の観音像をいきなり摑んで、はっしと部屋の隅に投げつけたりすることもあって、もちろん朝晩の供養などした形跡はない。しかしかの子の書き遺したものから推察すると、かの子はなまじっかな得度を受けた僧などより、はるかに仏教を自分のうちに血肉化していた。

かの子ははじめキリスト教に救いを需《もと》め、あきたらず、大乗仏教によってはじめて救われたと自分で書いている。人一倍煩悩熾烈だと自覚し、その性情によって、悩まされ、夫婦の間に地獄を見たかの子は、親鸞の歎異鈔に感動し、悪人正機の思想に光りを見出したが、生涯、親鸞の浄土真宗だけを信奉したわけではなかった。何事にも徹底しなければ気のすまないかの子は、歎異鈔を糸口にして、仏教のあらゆる宗派の教義を精力的に学んでいった。

後にかの子が自分の思想として文学の根にした「いのち」の哲学は、むしろ、浄土宗の他力本願浄土門の教えからではなく、自力聖道門によって、天台や真言の教義からより多く得ていると思われる。浄土真宗から入って、かの子の仏教研究は奥へ奥へとさかのぼりたどっていき、最後は、宗派を超越した総合仏教として「日本天台宗」にたどりついたもののようである。

「釈尊が美男でなければ私は仏教を愛さなかったかもしれない。観音さままでも美貌でなければ決して私は観音さまを肌身に抱いてなんかはいない。あれほど深い教は、美貌より包蔵し得る資格はない」

と揚言するかの子の信仰は、まず最初に美意識と感覚的な立場から選ばれていることは必定である。その上でかの子の学究的な仏教求道がうちたてられたのである。恋が理屈の外のように、宗教もまた理屈で信じるのではなく、所詮、いくら学んでも行じても、たどりつけない神秘で聖なるところがあり、最後のところは、好悪の感覚的感情と、ある直感で捕われたり、捕えたりするように思われる。人間は多かれ少なかれ、こうした感覚と直感で、自分の信仰をある瞬間に摑みとるのではないだろうか。

かの子は感覚と直感でいち早く観音を持仏として選みとり、手づくりの毛糸の袋にいれて肌身につけていたりしたが、観音経のふくまれている法華経を、仏典の研究をしつくした上で、改めて、最も華麗で、荘厳で、雄大なドラマティックな経典として絶讃している。

かの子が十年以上の歳月をかけて自分のものにした仏教というものは、宗派に捕われない絶対の自由に立った融通無礙《ゆうずうむげ》のものだったと私は解釈している。そういうかの子だからこそ、仏教への入門の指針として書いたものの中に、初心の者は、まず自分の性情に相応しい一教義、一宗門に親しむのがよい。その鑑別は、何となく好もしい、あるいは有難く感じられる——そういうことが有縁の証拠である。といいきれたのであろう。どの道を選んだところで、最後はひとつところに行きつくのだからという大雑把な教え方が、如何にもかの子らしくておおらかでいい。

しかしかの子は、仏教が知りたいと教えを需めに来た人に向っては、もし相手がインテリであったら、まず天台学を学ぶことをすすめるともいっている。

「シナ、日本を通じて天台学は、大乗仏教の教理組織の登りの頂上であり、大乗仏教の普及大衆化の降り道に向っては、その下り口に当ります。

天台学に対立するものに真言密教の教義がありますが、これも天台無くして喚起されたものとも思われません。すべての意味から言って、天台学は、もう天台宗という一教一派の諸派の所有から離れて、各派共有、大乗仏教公有の宗学である観を呈しております」(「光をたずねて」)

私はかの子の書いた仏教に関する文章は、すでに十年前、手に入るかぎり読みあさっていたつもりだったが、その当時、何の感銘も受けなかった。むしろ、小説や歌に比べて、格段に平凡で常識的な文章としか感じられず魅力を全く感じなかった。そのせいもあって、かの子の仏教だけは、とりつき難く別格にして、なるべく素通りするよう心がけていた。

しかしその時すでに私はかの子によって仏教に近づくべき種を蒔かれていたと思われる。

かの子の死んだ年齢を迎えた頃から、私は、説明のし難い内的要求から仏教に惹きつけられていったし、その時、吐く息のように全く自然に口を衝いて出ることばは、南無観世音であり、瞼に浮ぶ文字は、あの雄渾華麗なかの子の写経であり、その中からくっきりと選みだされて迫ってくる偈頌《げじゅ》の中の句は、

妙音観世音《みょうおんかんぜおん》　梵音海潮音《ぼんのんかいちょうおん》
勝彼世間音《しょうひせけんのん》　是故須常念《ぜこしゅじょうねん》

の四句であった。これはかの子が思案の外の心行《しんぎょう》だといって虫が好むとあげた句であった。音楽的なこの偈は、いつか雪の高野山で不意に頭上の天界から降って湧いたように響いてきた大塔の上の百八つの風鐸の天来の妙音を想いださせた。私はその時、目にも捕えられない天空の風が、大塔の上につらなった風鐸を鳴らせて聞かせてくれたとは気づかず、妙音のありかを探して、首をふり廻したのを覚えている。その頃まで、私は自分を感覚的な人間だと思い、五官の鋭敏さはひそかに誇れるものがあると信じていた。ただし、音感だけが人並以下で、音痴に近いことを認めていた。音楽会に出かけては居眠るし、歌を歌えば調子外れだし、ラジオもテレビも音楽がかかるとスイッチを切って

いた。その音痴の私が、降って湧いた妙音に、全身がすくむほどの感動を受けたのは、満目蕭条《まんもくしょうじょう》の雪景色の、人っ子ひとりいない厳寒の霊場で、それを聞いたという他の感覚に訴えるところが多い場合だったせいなのだろうか。

その後、どういうわけか、ふとしたことから私はジャズを聴くようになり、エリック・ドルフィーのフルートにうたれ、その後、マル・ウォルドロンや、チック・コリアや、ポール・ブレイのピアノに、あの風鐸をいきなり聴いた時のような全身しびれる感動を受けるようになった。仕事でもう身動きするのも、お酒をのむのも疲れきった深夜や、暁け方、私は東京の十一階の孤独な広すぎる仕事場で、ひとりそれを聴いた。すると、全身の毛穴から、おいしい液体がしのびこむように、軀が甘やかになだめられ、咽喉もとまで石のようにつまっている全身のしこりが、すっと、とかされていくのがわかった。それは法悦ということばを思いださせる快感であった。私の聴覚はなかったのではなく、眠っていたのかもしれないと思う。

とはいっても、私は得度の話が具体的になった時、今春聴師から声明《しょうみょう》入りの式を挙げよといわれて怖れをなした。声明の何たるかくらいは漠然と知っていても、私はまだ正式に声明を聴いたことはなかった。そんな大げさなという感じが先にたち、私は恐る恐るそれをことわった。今師は大ていのことは私の希望を容れて下さったが、（たとえば事前記者会見をしないことなど）声明だけは断乎としてゆずられなかった。しかも、当代一の天台声明家として高名な中山玄雄大僧正にそれをしていただくというのであった。

「声明入りの得度式など、私でも出来るなら、やり直したいくらいだ」

とも今師はいわれた。私は謹んでひき下る外なかった。

当日、中山大僧正は恩師の回忌とかに当られ、代って、誉田玄昭《ほんだげんしょう》師が唄師《ばいし》となって下さった。誉田師も叡山では声明の上手として高名な方である。私は自分の得度式で、はじめて、天台声明なるものを聴いた。

今考えても不思議でならないのだが、私は当日、全くあがるということがなかった。得度式は大切な儀式なので、参列して下さった十一名の僧侶の方々は、前夜予行練習をされたと伺ったが、得度者である私は感激が薄れるからというので、全くのぶっつけ本番でということにしてくれてあった。そういうことも一切、私は、式が終るまで何も聞いていなかった。

三番鐘を聞いて、教授師に導かれて入堂し、定めの席に着いた後、唄師発音の伽陀《かだ》があげられた時、全身にその声が響きわたり、震えがわいた。道場を清浄にし、かつ荘厳にするための伽陀だと後で識ったが、その時は、はじめて自分の得度式が今始まったのだという実感を全身で受けとめた。式が進み、いよいよ剃髪の時になった時、私はその席を立ち、別室に用意された剃髪室で髪を落したが、その間じゅう、誉田師の朗々とした声明の声が本堂から聞えていた。毀形唄《きぎょうばい》という声明で、得度式の儀式中、最も中心をなすもので、毀形の文字の示すように、俗人の形を去り、血縁を断ち家を去り、一切衆生済度の発願を起すという意味の声明なのだという。

これは私の剃髪に要した四十分あまりの間、ずっと、唄師ひとりによって唱えつづけられていた。私は厚い本堂の壁越しに響いてくる声明の文句は一切わからなかったが、力強い誉田師のとだえることのない声を、打ちよせ打ちかえす波音のように聞きつづけ、その声に無意識のうちに励まされていたようであった。後で聞いたところによると、私が剃髪している間の四十何分かの、どうしようもない時間を、本堂に残されてひたすら待ちつづけているしかなかった私の肉親や親友たちは、この声明の声によって、辛うじて保つことが出来、やがて、次第にその声に慰められ、緊張感がときほぐされていたという。私自身は、剃髪については覚悟が出来ていたし、不思議なほど平静で無心に臨んでいたが、肉親や親友は、私の想像することもなかった悲痛な心境でその場に列席していたらしいので、全く毀形唄によって救われたという実感があったらしい。

日を経て、私はこの得度式のことを、鳴物入りで得度したという表現で批評した文章に接した。書いた人はおそらく、得度前の私同様、一度も声明を聞いたことのない人なのだろうと想像する。

かの子は音楽的素質に恵まれていたので、彼女の書いた仏教書の中に声明について書いたものはないかと探してみたが見当らなかった。かの子の仏教に関する書物は啓蒙書なので、声明にまで触れる段階に至らなかったのかもしれない。しかし、観音経を信じていたかの子は、観音経を説く中で、「聞声一如」の語をあげ、

「一つの音の発動には、諸法実相、十界互具、一念三千、空仮中三諦、等によって説明されたる大生命の全機構、全能功、全功徳が秘められておるのであります。物質が物質であるうちはとにかく、すでに物質内の伏勢力が音となって発露した以上、これはもう生命の用であります。全宇宙の功力を摂在して、空気を伝わって対象に向け働きかけたのであります。

眼に見えない小さなある原子内の一電子をもし放出できたら、およびもつかぬ強大なエネルギーを得られるとは、最近科学の証明するところであります。これも音の功力の説明に参考となりましょう。この仏教原理の説明は本書を挙げて述べたところのものでありますから、今さらくどくどしく重説いたしません。要するに天台大師の『一色、一香、中道に非ざるなし』という言葉が代表しているところの真理であります。この真理すなわち『音』が、唱える者の聴覚の覚性上に位置を占めるとき、内秘していた、万徳万能の爆劇薬が、一時に爆発して、心中を占領している自暴自棄、あるいはクサらしている心性部分の重囲を粉砕し、幽閉されて息もたえだえとなっている仏性を救い出します。あるいは音の到着の合図によって、元気を恢復し、内なる仏性が自から重囲を斬り破って打ち出て来るのかもしれません。これが『聞声悟道』であります」(「観音経を語る」)

とある。また同じ書の中で、かの子は中国の天台大師智顗《ちぎ》の示寂の様を伝えている。大師は臨終の床で弟子たちの最後の質問に答えた後、弟子たちに磬を叩き続けるように命じ、「人命将に終らんとするに鐘磬の声を聞けば正念を増す。唯久しくして気の尽くるを期となせ」といい、弟子が鐘磬を打ち鳴らしている間に、結跏趺坐し、三宝の名を唱えて、入寂した大師を「『音』によって正念を保ちつつ最後の生死の境を渡られた」という表現で伝えている。

鐘磬の音を聞きながら入寂した天台大師の創《はじ》めた中国天台宗に声明が盛んだったのは当然で、中国天台宗を、最澄が日本へ伝えた時、天台声明も共に日本へ持ち帰っている。それまでにも、奈良時代にすでに声明は伝わっていて、東大寺の大仏開眼供養会にも、一万人の僧侶が出席し、声明や音楽が盛大に奏でられたと伝わっていたが、平安奠都《てんと》以来、奈良仏教が次第に衰微していくにつれ、声明もほとんど消滅していったらしい。

最澄の伝えた声明は、最初当然叡山の延暦寺に伝えられたが、事実上、日本の天台声明を定着させたのは、慈覚大師円仁で、円仁は十年ほど在唐して、天台仏教儀式の様式を日本に伝え、その時、声明曲も相当持ち帰ったらしい。それから十年ばかり遅れて、智証大師円珍が唐より帰朝、中国の仏教儀式を延暦寺に伝え、天台声明の建設に尽している。

一方、空海も最澄と前後して入唐し、最澄より長く在唐して真言宗を伝えたが、その時真言声明をも伝えている。現在の日本の声明は、天台声明と真言声明が主なものとして残っている。

昨年十二月に入って、得度以来はじめて叡山へ挨拶にいった時、私は仏教の手ほどきの教師を紹介してほしいと頼んでみた。ほどなく、この人にと紹介されたのが、大原実《じつ》光院《こういん》の住職、天納伝中《あまのでんちゅう》師であった。それ以来、一週に一度ずつ、大原通いをしている。

　大原は魚山《ぎょさん》と呼ばれ、呂川《ろがわ》とか律《りつ》川とか川の名前まで音楽的につけられているのも道理で、円仁以来、数派に分れて伝わっていた日本天台声明を統一し、事実上の大成をさせた良忍《りょうにん》（聖応大師）が、晩年隠棲した土地という縁がある。良忍は声明曲の天才であったらしく、良忍の声明で、数々の不思議な霊験があらわれたと伝えられている。良忍が大原に隠棲して以来（一一〇九年）、来迎院《らいごういん》を建て、そこが声明の根本道場になり、声明は叡山から大原に移ってしまい、名も大原流と呼ぶようになった。谷をへだてた勝林院も声明を伝えるようになり、やがてこの大原一帯を中国声明の中心地魚山の名をとって呼ばれるようになった。中国の魚山（山東省泰安府）は、魏の陳思王曹植《そうち》が、ある日この地に遊んだ時、天来の妙音を感じ即座に唄讃《ばいさん》を作ったといわれ、それ以来中国声明の中心地とされている。

　私の通う実光院の天納家も魚山声明の正統な伝統を受け継ぐ家柄であり、なくなられた先代天納中海師は声明の名手としてつとに知られた方であった。私の得度式に唄師をつとめて下さった誉田玄昭師は、多紀道忍師と、天納中海師に声明を学ばれていた。

　すでに八年も京都に居を構えながら、生活の大方を埃っぽい東京の仕事場で暮していた私にとって、毎週の大原通いは、思いもかけない快楽になった。嵯峨の庵の出来るまでの仮住居として臨時に入った現在の家が、叡山の真下、大原への入口に当っているから、車で魚山まで十五分くらいでゆける。十二月から、このあたりは毎朝雪を見ているので、大原へ入ると、一面の雪景色である。京都も変ったとはいえ、まだこのあたりは道から見下す谷間に、人家は少なく、寂光院界隈の俗化も、はるかな眺望の中には目をけがさず、山々や畠の雪が朝陽に輝いて、空気まできらめき世外の感が深い。車はチェーンを巻いて三千院の石段下まで往く。さすがに雪の朝の大原へ来る観光客は少ない。それでも稀にないこともないが、そんな風流人は、ジーパンの長髪族の男の子でも、冥想的な表情で、カメラなんか下げず、物静かに歩いている。尼姿の私が雪に埋まる下駄を気にしながら、三千院の石垣の前を素通りしていてもふりかえるようなことはしない。寺の屋根も樹々も、渓川も橋も、一面雪で掩《おお》われているので、目がまぶしいが、空気はやわらかで寒気はかえって下界より少ない。

　三千院の向い側に呂川を渡るとすぐ実光院の床しい門が開いている。道跡から石段を下りきるとこぢんまりした清潔で閑雅な実光院のたたずまいの全容があらわれる。尼寺のような感じのするなつかしい玄関の風情である。

　伝中師は、学徒動員で中国に出征した方だが、私より、二、三歳お若いのではないかと思う。さすが魚山声明の家柄の生れだけに天性音楽的才能に恵まれているらしい。学生時代はトランペットを吹いて前歯を傷めてしまったそうだが、出征中は、ラッパ手が戦死して、代りにラッパを吹かされたので、わざと就寝のラッパを物悲しく吹いたら、兵隊たちが泣きだしてしまったなどという話を聞かせてくれる。

天台宗の僧侶としてのごく初歩の礼儀や、声明のいたって簡単なものを教えてもらうのだが、生れてはじめてみるネウマ Neuma という記譜法に、私は一目で怖れをなしてしまって声も出ない。

漢字の左右に記号と、ソリ、スグ、ウケ、イロ、マクリなどの片仮名の説明がある。

その記譜を「博士《はかせ》」と呼ぶのだと教えられて日本語の何々博士の出どころはこんなところにあったのかとうなずかされる。

「博士」にも「古博士」「目安《めやす》博士」（只博士ともいう）があって、複雑怪奇で、とてもいきなりそんなものを目にした私などに覚えられるわけはない。

このネウマ式記譜法というのは、中央アジアに起源を発したとかの原始的記譜法で、旋律の上下や断続を、線の上下や、点などであらわしている。可視的方法で象徴的に示すのだから、一度曲を覚えてしまった者の記憶法にはいいが、私のような全くの初心者には手のつけようがない。

ただし、現在のテキストには終りの方に、五線譜も、五線譜と博士を併用したような新しく発明された譜もついていて、出来るかぎり初心者に親切につくられている。とはいっても、結局は、博士をにらみながら、先生から口うつしに習うのが最も原始的だが正確なような気がしてくる。なぜなら、声明には博士にもあらわせない微妙な塩梅音《えんばいおん》があって、それは譜にも博士にもあらわせないからである。十二律五音の声明は、宮商《きゆうしよう》角徴《かくち》羽《う》の五音でほとんど成立しているが、五音以外の音が、五音を結ぶ時があり、これを塩梅音と呼ぶのだが、ここにも、日用に使いこなしている塩梅《あんばい》ということばの源を見せられる。

全く何を見せられても聞かされても、素人の私にとっては、実光院の時間が物珍しく、愉しくてならない。

声明の相承譜を眺めていると、良忍から家寛《けかん》に伝わった声明が、後白河院に伝わり、その同じ頃、家寛の同門の頼澄の系統が、藤原師長に伝わっているのがわかる。後白河院は音楽に天才的な才能があったらしく、梁塵秘抄口伝集を著わし、その当時流行の郢《えい》曲《きょく》(歌謡曲)の旋法も記されているほどの音楽通だったが、声明の方でも、家寛の高足として名高い。家寛は声明曲のポピュラーなものを選んで六冊の声明帖にまとめ、後白河法皇に献上している。魚山声明六巻帖と呼ばれ、現在でも使われている。梁塵秘抄口伝集には、法皇が専門の僧侶の声明を聞かれ、その誤りをただされたという話が出ているほど、耳のすぐれていた人であったらしい。後の亀山院も、「とはずがたり」に、いい声で宴会に歌をうたわれたとあるが、やはり声明の相承譜の中に名をのぞかせている。その後、湛智《たんち》、浄心の同門の天才が出た時が大原声明の最盛期で、南北朝時代からは衰微の一路をたどりはじめた。

ある日、私は、伝中師から、大原魚山に伝わっている魚山叢書を実に無造作に見せていただき愕《おどろ》いた。

魚山叢書というのは、湛智の声明全盛時から六百年も経た幕末の頃、大原に伝わる声明が集大成されたもので、すべての声明曲が網羅され約百巻に編まれたものである。

　これは宗淵《しゅうえん》という理論家で声明学の大家が編んだものだが、宗淵と同時代に秀雄《しゅうゆう》というやはり秀れた声明家が大原にいて並び称せられていた。何かにつけてライバルだった二人は、宗淵が「声律羽位之私記《しょうりつういのしき》」を著わして、律曲に於ける羽の音について書くと、秀雄は、「律羽位之事《りつういのこと》」を書いて、宗淵の説に反対するという有様で、互いにゆずらず論争した。宗淵は性格の激しい人であったらしく、三千院と何かまずいことをおこし、伊勢の西来寺へ去ってしまった。ここで魚山叢書を完成したといわれているが、今次の大戦で、西来寺にあった二十一巻が焼失してしまった。

　秀雄の弟子に覚秀という声明家が出て、宗淵本をもとにして魚山叢書をもう一部編んだ。そのため、魚山叢書は宗淵本と、覚秀本の二種類出来たわけだが、宗淵本が一部焼失して、四十巻余しか残っていないので、百九十巻現存している覚秀本が、ほとんど完全な形ということになる。私が見せていただいたのは覚秀本で、その「鼻」の六十二の巻であった。

　端正でふくよかな毛筆の字で、見事に書かれた覚秀本を見ていくと、覚秀のサインの横に宗淵のサインもあるのを発見する。宗淵が伝え、覚秀が写したという意味で、それは「囉吒和羅択曲《らいたわらぎきよく》」のところにあった。

　この曲は宗淵が師匠から口伝され、書きつけておいたものを、覚秀が宗淵に見せてもらって写したものとみえる。

覚秀の師の秀雄と、宗淵の運命的なライバルの確執を思えば、一見奇異に見える二人のサインである。しかし、共に愛する声明を後世に伝えるという情熱のためには、そういう確執を水に流して、礼を尽して訪れた若い覚秀に、喜んで宗淵は秘曲の伝授をしたのだろう。

この「嚩吒和羅択曲」というのは有名な秘曲で、釈尊在世の頃、長者の子息に嚩吒和羅という若者がいて、仏弟子になり、十年の修行の後、久しぶりに家郷に帰ってきた。父母は、この息子を何としても家に留めようと思い、金銀珠玉で心を引きとめようとしたが、若者はそれを惜しげもなく川に投げ捨ててしまった。父母は今度は若い美しい娘を近づけ、若者の心を捕えようとしたが、彼はこれにも見向きもせず両親に仏法を説きふたたび家を捨ててしまった。ついで国王に逢い、国王もまた、この若者を王城に引きとめようとして財宝を与えようとするが、彼はそれを断わり、かえって王に人生の無常を説いた。

王はその場で嚩吒和羅の弟子になり五戒を受けたという故事がある。その話を馬鳴《めみよう》菩薩が歌詞としてつくり曲をつけたのがこの曲で、歌詞曲としては、

有為の諸法は幻の如く夢の如し
三界の獄縛は一として楽しむべきことなし
王位は高顕にしてその勢力は自在なるも
無常既に至れば誰か存することを得る者ぞ

空中の雲の如く須臾にして散滅すだけが残っている。

馬鳴は仏滅後六百年にいた僧で、伝記は定まらない。弁才に長じ、文才も音楽の才もあったらしい。飢えた馬七疋の前で法を説くと、馬が感動し、草を与えても草を食べようとせず涙を流したというので馬鳴の名がついたとも伝わっている。

この馬鳴がつくった嚩吒和羅の曲を歌うと、その音清雅哀婉で人の心をうち、城中にいた五百人の王子がたちまち開悟して出家してしまったので、王がおおいにあわてて、その曲を禁じたという。

そういう名曲が印度から中国に伝わり、やがて日本にも伝わってきたのだが、いつ、誰が伝えた曲か定かでない。

宗淵が口伝で覚えていたものを、覚秀がこれを受け、魚山叢書の中の朗詠や催馬楽の譜を集めた一冊の中に写し残してあった。

それ以後百五十年間は音になった形跡のない幻の曲であった。

日蓮宗の声明師早水弁静師が、天納伝中師のところへ魚山声明の研究に訪れているうち、この覚秀本の嚩吒和羅択曲をたまたま目にし、この曲が雅楽の篳篥《ひちりき》の平調林歌の曲とほとんど同じだということを発見したのがきっかけで、百五十年ぶりに復原の運びになったという。

その話をされる時、伝中師はさすがに、豊頬を輝かせていられた。

昨年十二月、国立劇場小劇場で、雅楽との合奏で、この曲の発表があり、出演された時のテープを聞かせていただいたが、なるほど哀婉清雅なメロディで、どこか官能的だった。

「雅楽と合わせることが難しくて、演奏の時のはあまりよくないんですよ。最初、ここではじめて復原させてみた時の方がずっといいんです」

伝中師は、百五十年ぶりで世に出た幻の曲を誰よりも早く自分で口にした時の興奮を思いだすような光った目をされた。

私は自分の得度の時の儀式が、あまりにカトリックのミサに似ていたのに内心一驚していたが、よく聞いてみると、仏教が中国に伝わる以前、インドの原始仏教はヘレニズム文化圏の異質文化、ユダヤ教やキリスト教と交流しているから、原始キリスト教の儀式や音楽もとりいれられていると考えられる。また最澄や空海が入唐した頃は、景教の入っていた時代で、空海は、唐で聖書を読んでいたといわれているから、互いに仏教とキリスト教が儀式の上で、影響しあっただろうということは考えられる。

こうして見ていると、かの子の説ならずとも、仏教の中には無限の文化の芽がふくまれていて、無智な私にとってはすべてが珍しく、日々、ことばを覚えはじめた子供のような心のはりを感じている。

十年前、およそかの子らしくない無味乾燥な啓蒙書と感じた仏教に関する本も、昨今改めて読み直し、かの子の無尽蔵の博識に驚嘆させられているのである。かの子に嘲叱和羅択曲を聞かせたかったと思う。

（「すばる」昭和四十九年三月　第十五号）

比叡万緑

昭和四十九年四月二十五日から、同年六月二十三日まで、六十日の間、私は比叡山横川にある行院に入院して、天台僧としての最も初歩の修行を受けてきた。性来、おっちょこちょいでそそっかしい私は、じっくり考えたりしらべたりする前に、こうと思うことを実行、行動してしまって、理屈は後でつけるという生き方を、五十年間してきた。今度の得度も、長年ひそかに心に憧れてはいたものの、実行にふみきった時は、一種衝動的な内心の強い欲求にそそのかされて、不意にふみきったという感が強い。得度してから、天台宗の得度者には、行院で加行《けぎょう》を受ける義務があることを識った次第であった。

得度する時は、人間の浅はかな知慧や理性ではどう処理しようもない自分の業や煩悩をひっさげたまま、大海に身を投じるような心で、仏海に身をゆだねてしまった自分なので、そこで、そういう行を与えられるなら、まず務めましょうという素直な心境であった。入院する前、必ずしも加行は、横川で受けなくても、もよりの寺でも受けられるということも聞き、現に、中尊寺で、それをさせてやってもいいというお話もあったが、私はどうせ、受けるなら、最も本格的な叡山の行を受けたいと切望した。その時点で、如何に横川行院の行が厳格なものかという話も色々聞かされたが、フォアグラを食べたことのない人にあの微妙な美味をわからせることが出来ず、恋人にそむかれたことのない人に、その痛苦を理解させようのない如く、行というものの未経験者にとって、それはいくら口で説明されてもピンと来ないのであった。今春聴師も口をきわめて、行のきびしさを話して下さったが、それはあまりに、時代離れしていたので、私は内心話半分くらいに聞き、まさかこのエセ繁栄、堕落の極みの世の中に、そんな厳格な行生活が行われていようとは思えなかった。それでも、一比叡、二高野、三恐山と呼ばれているという叡山の行のきびしさは生やさしくはなさそうだという覚悟だけはつけていった。入院許可書に、四月末なのに、寒いから、その用意をしろとか、懐中電灯を忘れないようにとあるのが、珍しかった。

叡山横川の行院は、春、夏、秋の三季に開かれていて、私の入ったのは、春季、つまり昭和四十九年第一期行院ということになる。

例年、春、秋は、十四、五人の人数だと聞かされていたが、今年の申しこみは四十人近くあったという。実際には、三十一人が入院した。うち、明治四十年生れの大和田老人が最年長者で、明治生れはこの人だけ。大正生れが、私をふくめて五人、他はほとんど昭和生れの若い青年ばかりであった。一番若い人が昭和二十七年生れである。

全員のうち尼僧が五人、そのうち、二人はすでに他所で加行を終えているので、前半の学課だけを受講すれば下山することになっていた。下山する二人が昭和の一桁生れで、残る三人が、大正生れ、二人とも私より二つ、三つ年下であった。要するに三十一人のうち、私は上から三番めの年長者ということになった。

二十五日の午後一時までに入院するようにと指示してあったが、私が一時十分前到着すると、もう全員入っていて、私はビリであったらしく、行院前の庭には報道関係者が、三十人ばかり待機していて愕《おどろ》かされた。旧本堂で短い記者会見を許されたが、その間の感じで、私のような者が入院したことを、院では迷惑がっているように受けとられ、これは大変だと心がひきしまってきた。私はとっさに覚悟を決め、出来るだけ、全員にとけこみ、みじんも特別な感じを与えないようにすることだと考えた。

午後から開院式があり、五時からははじめての夕座勤行《ごんぎょう》があったが、若者たちが三十人も声をあげてとなえるお経は音楽的で、すばらしい荘厳さがある。大てい寺院関係の人たちなので、お経は、般若心経しかしらないというような人間は私一人らしい。何々経をあげろといわれても、経本のどこをあけていいのかわからないので、私はただ口をパクパクあけていただけで終ってしまった。

横川は、比叡山の中でも最も奥の院で、ここまでは観光客もほとんど来ない。行院へは観光道路をしきこむことを今春聴師が、反対されたとかで、今も聖域の静謐が完全に保たれている。

旧堂と旧行院の前に、鉄筋の新講堂と新行院が建ち、設備も近代的で、風呂もトイレもちゃちなホテルよりはるかに清潔で美しい。部屋は二十畳に数人という割合であてがわれ、大きな押入れが壁の片面をそっくり占め布団も、敷一枚に、かけぶとんは二枚与えられる。私たちの部屋にあたったかけぶとんなどは新しく、綿もふっくらして、美しい模様のものだった。

院長は武覚円師で、昨年還暦を迎えられたという見るからに仏さまのような円満な風貌の方だが、教学部長を長く歴任された頃、叡山に大学をつくろうとして、率先して奔走された熱情の人である。始終にこやかだけれど、本当に怒った時は別人のように厳しく院生をちぢみあがらせる。その下に声明《しょうみょう》の名人として名の高い坊城道澄《どうちょう》行監があり、大森行隼《ぎょうしゅん》係長、吉川広昭師、森川慈裕師が、扶《たす》けている。三十人に五人の先生だから、先生の方も並々の忙しさではない。しかも、全国から集った行院生は、育ちも境遇も、年齢もまちまちなのだから大変である。特に武院長から、

「行院生は、一切の学歴、経歴、年齢、社会的立場を問うことなく、平等に扱うし、院生も虚心に修道に努めるよう」

という訓辞がある。

前一カ月の時間割は、

5：30　起床
5：45　清掃
6：30　勤行《ごんぎよう》
7：30　小食《しようじき》（お粥《かゆ》）
8：30　実習開始（授業）
11：30　実習終了
12：00　正食《しようじき》
13：00　実習開始
16：00　実習終了
17：00　勤行
18：00　非食《ひじき》
19：00　実習または自習開始
21：00　実習終了
22：00　消灯就寝

後一カ月加行中は、
一、覚心《かくしん》　午前二時　沐浴（昨夜のうち浴槽にくみためておいた冷水を素裸になってかぶる）
一、取水《しゆすい》　二時二十分（行院から五百米くらいのところにある霊水の井戸へ汲みにいく。当番がバケツを持つが全員が行く）
一、入堂（後夜座《ごやざ》）二時四十分　修法（六時三十分くらいまで）出堂後、堂内外清掃
一、小食《しようじき》（お粥《かゆ》）七時
　等

一、入堂（日中座）　八時—十一時半　修法　出堂後、護摩木割等、作務《さむ》あり
一、正食《しょうじき》　正午
一、入堂（初夜座《そやざ》）　午後一時—五時半頃　修法　出堂後、護摩木割等
一、非食《ひじき》　六時　食後、入浴、自習、行記　解説等々
一、消灯　八時

尚、毎食後、次座修法の準備を行うという時間割である。

前一カ月の実習というのが、武院長の、天台宗の教義や、坊城行監の声明習礼《しゅらい》や、吉川師の伝教大師和讃の講義などでびっしりつまっている。それは自習室で、机を並べ、もちろん、正座で、何時間も坐りっぱなしで講義を受ける。ノートもとらなければならないし、テープも入れなければならないし、いつ、当てられるかわからないので、居眠りなどする閑もない。とにかく、朝起きて、消灯まで、息つく閑もないハードスケジュールであることに愕かされる。

食事中は絶対無言、私語も許されないし、食器の音も、歯や舌の音もたててはいけない。出されたものは全部食べなければならない。最後に、自分の湯のみにつがれた一杯のお茶で食器を全部洗い、その湯をのみ下さなければならない。

「だてにおこうこがついていると思うな。一切れはのこして、食器を洗う時に使う」

と教えられる。食器はなめたようになってなければ叱られる。私など、食が少いし、おそいので、はじめから、人の三分の一にへらしておき、それでも、目を白黒させてのみこんで、ようやく人並にすますという調子であった。

朝はもちろんお粥、一汁一菜の精進料理は井田さんという未亡人が、台所を一手に引き受けて、奉仕してくれていて、この人が、味つけが上手なので、結構美味しいのであった。肉や魚のだしを使わずどうやって、こんな味が出るのか不思議だと思うような味つけが出来ている。一カ月もすると、今夜のおかずのリクエストはなどと、なごやかな会話も出るようになる。若い人は何といっても油の匂いがしていると嬉しそうだった。ここで食べたチャーハンほど何も入っていなくて美味しいのはかつて食べたことがなかった。

わずか一日だったけれど、お天気のいい日に山菜つみにつれていかれ、わらびや、たらの芽やうどなどをどっさりとってきて、それがお菜になったことがあった。院生は老いも若きもはしゃぎきって、大喜びで山菜を探した。

いい忘れていたが、行院は費用は一切延暦寺持ちで、院生は無料である。トイレットペーパー代だけ、二カ月で一人二百円だしただけだった。本代がかかるが、これは一生費《つか》うものだから、仕方がない。お酒は一滴ものめないが、煙草は許可されていた。

売店などももちろんないから、お金の費い道はない。お供養《くよう》と称する差入れは許されていて、今年はそれが特別多かったので、果物やお菓子が、たっぷり廻った。院でのお供養はたとえリンゴ一個でも全員の数に等分して与えられる。一週間くらいたった頃、私はソ連のラーゲリなどを連想したりしたが、たとえにせよ罰当りなことで、次第に生活が馴れて、ゆとりが出てくるにつれ、院の生活が面白く愉しくなってきた。

どこかの新聞に、私が仏を見たと書いてあった。そんなことはいったことがない。もし私がいったというなら、聞いた記者は頭がおかしいか耳がおかしいかであろう。その場には、何十人もいたのだから証人はいくらでもいる。

山で人間が変ってきたかとか、これから書く小説が変りますかなどもよく訊かれる。わずか二カ月の修行で、五十年生きてきた人間が変ったり、二十年近く命をはって書いてきた小説が一挙に変ったりしてたまるものかと、私はそんな問いにも返事をしたくない。

山にまで行って、下山してすぐなぜ、ちゃらちゃら書いて、電車の吊広告にぶら下るのかと非難もされる。私は電車に乗るほど出かけないので見たことはないが、そのみっともなさは感覚としてわかるので弁解のしようがない。そうですね、お恥しいことでしたと答えるしかなかった。私は得度して、行院で二カ月修行したけれど、それが世間で騒がれるほどの一大事だとは思っていないのだ。私はそうしたかったからしたのであり、精神の絶対的自由が得たかったから、得度したのである。得度者として、当然の義務だから行院へ入ったにすぎない。そこでの生活が予想以上に愉しかったから、つい、それを聞かれるままに人々に伝えたかったにすぎない。しかし下山してわずか一週間しかたたないのに、もう下界での生活がうるさく、つくづくいやになってきた。

物価は上り放題だし、例によって、ただ席だけとればいいという政策が見えすいた候補者が、居並んだ選挙さわぎ。

空気の悪さ、町の汚さ。人々の疲れきった神経。タクシーに乗っても、買物にいっても、苛立ちヒステリーになった人々の露骨な不愛想さ。ああ、これが娑婆だったと、私はあの世から迷い出た幽霊のようにがっくりしてしまうのだ。

ああ、山はよかったと叫びだしたくなるようななつかしさで想う。

あそこでは、神経を苛だたせるものは何ひとつなかった。前半は、同室の尼僧たちと同調した生活をすることに、いささか神経が疲れたが、後半の加行に入ってからは、文字通り加行三昧で、本当に幸福だった。

明治生れの老人が一人いた。大和田さんというその人は、かつて、実業家だったが、老年になって、孫のお守りをしていて、一瞬、気をゆるめたその時、可愛い孫を車にはねられ、死なせてしまったという。それ以来、出家を思いたったという人で、なくされたお孫さんの写真を持ってきて、押入れの壁にはりつけ、毎日祈っていた。

耳が遠いので、補聴器をつけていても、教官のいうことばが聞きとれず、行中も、まごつくことがある。それでも、必死になって、年齢の差を物ともせず、あらゆる行を孫のような若者といっしょにつとめて、一切、特別待遇を受けようとしないのであった。甘えたところがみじんもないばかりか、行院生の誰に対しても、甘えを許さないきびしさがあった。三千仏を拝む荒行にも立派に耐え、私たち女は、その後、腰が抜けたようになったが、老人はしゃきっとして、いささかの醜態もみせなかった。

行の終りが近づいてくると、さすがに、七十歳の体力には、荒行がこたえて、げっそりやつれてしまい、膝が痛んで、坐るのも苦痛になってきた。それでも、一日として勤行を休んだことはなく、作務も若者と同じにつとめきるのだった。

同室の若者たちは、

「大和田さんにはかなわないなあ、いたわると怒るんだもの、ほんとにがんばりやだよ」

と舌をまいている。

でもその大和田翁も、行の終り頃、こっそり私に洩らした。

「ほんとはね、膝が痛くて、軀がきつくて、たまらないんですよ。でも、私は、行に来たんだからね、遊びにきたんじゃないんだから。みんなの足手まといになっちゃいけないし、何もかもがまんしてるんですよ。あんまり苦しいと、孫の写真に手をあわせて、坊や、おじいちゃんを扶けておくれ、しっかり応援しておくれよって、拝むんですよ。お互い、もう少しだものね、行が終るまでがんばりましょうや」

と、励ましてくれる。この人とはよく、薬の交換をしたし、あんまもした。肩をもんでみると、老人の背は岩のように固く張っていて、痛々しかった。

満行の日、誰よりも嬉しそうに見えたのはこの人だった。

また、東大を出て、一流会社に入ったばかりで、二カ月の休暇をとって、行院に来たという勇ましい現代っ子もいた。そんな申し入れをした新入社員は開業以来初めてだと、重役たちをびっくりさせたというが、その会社もなかなか大したもので、自費研修という名目で二カ月の休暇を認めてくれたという。

陽気で真面目でユーモラスで、頭のいい彼は、始めから終りまで、非のうちどころのない行院生だったが、最後のお別れパーティの席で、狂歌で先生たちに捧げる歌を披露して、一同を抱腹絶倒させた。

宗教についても、人生についても、わずかの閑を見て語りあったが、思想の足がしっかり地についていて頼もしかった。

彼以外の院生も、揃って、真面目でやさしかった。寺に生れたせいもあって、私がこれまでつきあってきた若い人たちより、心にかげりがあったが、それだけ、神経がこまやかで、やさしかった。

中でも、最も私と多く語りあったひとりは、思想が左翼で、お寺のあり方や、僧侶の生き方に、疑問を抱いていたが、話が煮つまってくると、自分が勝手な行動をしては家族が可哀そうだということばが、実にすんなりと出てくる。そのやさしさで、たとい彼の人生が、彼の思い描く半分も展《ひら》けなかったとしても、私はいいのではないかという感動を持った。

人間の中から、思いやりとやさしさがなくなったら、いくら聡明であっても、学問が出来てもつまらないと思う。

私は人が生きるとは、自分の可能性を極限に押し開くよう努力してみることだと解釈して五十年を生きてきた。その生き方のために、周囲の多くの人を傷つけても来た。その生涯に悔はないと思っている。しかし、私の生き方を押し通すために知ると知らざるにかかわらず、傷つけてきた人々や魂に対しては、どうわびていいものかと、考えはじめている。日と共に、この世がますます厭になり、あの横川での六十日は、ほんとうに夢に見た極楽であったろうかとなつかしまれるこの頃である。

得度をしても、加行を受けても、形では僧になっても、その人間がまことの僧になれるとはかぎらない。僧の姿をして、日常を僧としての生活を何十年つづけている人でも、必ずしも僧になりきれているともかぎらない。

現在では、仏教の価値も地に堕ち、一般の人の僧に対する期待も低下しているけれども、やはり、本当の高僧はどこかに居るのではないかという憧れが全くないとはいえない。

役者バカということばがある。役者として一筋にその道ばかりの修行をしていたら、他の能力がなくなって、芸のこと以外はさっぱりわからなくなってしまう。

あの役者は役者バカだということばには、軽蔑よりも尊敬のふくまれていることもある。学者バカ、教師バカ、小説家バカ、何の職業でもそういう人がいていいようだが、案外、現在ではそんなに一筋に自分の職業だけに徹してわき目もふらないという人は少い。

私はかねがね、何かひとつのことをなしとげようと思えば、他の能力はあっても、自分でつとめて殺してしまって、自分の選んだひとつの能力に、エネルギーを集中しないと、その能力が全的に発揮されないのではないかという考え方をしている。ひとつの花を大輪に咲かせるために、他の花は蕾のうちにつみとってしまうのと同じようなものだ。僧の修行というものは、昔から俗界と全く隔絶して、需《もと》めて深山幽谷に入り、専心行にうちこんだようだが、俗界と隔絶するということは、五官に対する刺戟を少なくするという意味で、専念するに最もふさわしいことなのだと、今度つくづく思った。

しかし、人間は、どんなところに置かれても、その境遇に順応する動物的本能があって、その場で、何とかして、自分の苦痛を少く快適に暮そうと心がけるようだ。その本能があるからこそ、小野田さんのような生き方も可能だし、獄中で何十年もすごすことも出来るのだろう。

わずか六十日の間でも、もうここからは出られないのだと思えば、その中で出来るだけ肉体的にも精神的にも、自分をなだめすかして生きるしかない。四度加行に入れば、親が死んでも下山はさせないので、いっそ、気持がさわやかになる。

私は二十歳の頃、四十日間断食寮に入り、二十日間の完全断食、二十日間の後断食をした経験を持つ。

その時も、はじめ一週間くらいは、断食によるさまざまな反応が肉体的にあって、苦しくてたまらなかったが、十日もすれば、水しかのまないでいて、肉体的には少しも苦痛でなかった。こんなことなら、一カ月や二カ月の断食は平気だと思ったものだ。

苦しいのは、断食が終って、二十日がかりで平常食に戻る後断食の時で、この時は全く、餓鬼になったのを忘れられない。たいてい、断食で死んだり、大病したりするのは、この後断食で失敗した人のことである。

私の今度の経験でも、行そのものは、結果的にさして苦痛ではなかったといえる。肉体的な苦痛というのは、精神的苦痛に比べて全く軽いものだ。

下山して二十日余りすぎて思うことは、この間の日常は、丁度、後断食のようなものだったという感懐である。

心が、まだ入山する前の状態に戻っていず、外界の刺戟に対する反応の仕方が、異常に強烈で、とても疲れる。体は、六十日間の規則正しい生活のおかげですっかり若がえり、全く快適だが、神経はどうもおかしいのではないかと思う。

そのきざしは明日下山という前日、お礼詣りの意味の三塔巡拝で、六十日ぶりに、山を下り、坂本の町へ行った時からはじまった。

坂本は、琵琶湖に面した静かな町で樹々が多く寺や社の多い美しい町だし、まだ畠もある。それなのに、坂本の町へ下りたとたん、排気ガスの臭いが強烈に鼻について、空気が臭いと感じたことからはじまった。その後、東京へ出た時は、息をするのがいやなほど空気が臭く、濁っているという感じで、たちまち咽喉が痛くなった。

それに人々の顔のけわしさにびっくりした。乗ったタクシーの運転手がみなヒステリックで、何かにつけてどなりつけられたのにも肝を冷した。わずか六十日の浮世ばなれで、私は他の星から来た人間のように、何につけてもへどもどして神経が傷つけられるのだ。六十日前と同じようにかかってくる電話で、なつかしい友人や編集者の声を聞くのは嬉しいが、見知らぬ人からむやみにかかってくる電話や、匿名の手紙やハガキが刃物のように感じられてたまらない。

考えてみれば、そういうものが入山前に比して特に多くなっているわけでもないのにやりきれないのである。机に向うと、自分という人間について、考えこんでしまって、以前のようにペンがすらすら走らない。六十日間の禁断症状がとかれて、泡をふくようにしゃべり、書きたかったのは十日ぐらいで、それがすぎると、書くのも、読むのも怖くなってきた。

留守中届いている山のような本や雑誌を手にとってみても、活字が小さな凶器のように目に刺さってきそうで脅えてしまう。無理して読むと、吐き気がしてきそうな予感がする。新聞も、週刊誌も見たくない。テレビは声も聞きたくない。

それでいて、下山後十日ほどして、同じ行院へ二泊三日の写経の会に行ってみたらやはり、それはあの行の時の行院ではないのだった。

条件反射で、私は食堂の机の前に坐ると、初年兵のような速さで、あっという間に食事を平げてしまい、まわりの人に愕かれたり、スリッパが与えられているのに、どうしてもはけず、はだしで歩いていた行中と同じになって、廊下を走るように往来するのであった。行院のどこからでも、六十日一緒に暮したなつかしい院生の笑顔があらわれそうで胸が痛くなった。行中とはちがい豪華なメニューの食事の時も、ふっと、院生を思いだし、たまらなくなった。

彼等の一人一人は、どうやって、下山後の生活をしているのだろう。行院があっても、あの六十日の行院生活はもう決して帰っては来ないのだという感懐を強くして再び下山してきた。あの二カ月は夢だったのかと思われる時がある。

ああいう状態で、いやもっと孤独できびしい状態で、十二年も籠山すれば、人間がいやでも変るだろうか。

世に聞えた何々といわれる荒行をした人でも、必ずしもたちまち高僧になるとはかぎらない。各宗祖たちのように、宗教的天才はともかくとして、われわれ凡下の人間は、世間と隔絶した行を何度繰りかえしたところで、そう軽々とは自己革命などなし得ず、持って生れた性格の弱点を克服することなど容易ではないのではないかと思う。

それにしても、あの行が夢のようだった六十日という日々は、日が経つにつれ、この世ならぬ光りを放って思い出されてくるのが不思議でならない。その意味を、私はこれからの余生をかけて、ゆっくりさぐっていくことにしよう。

（「週刊朝日」昭和四十九年七月十二日・十九日、八月二日号）

大原の尼僧

長梅雨も終りに近いある日、ひとりの尼僧が誕生した。私はその人の得度式に参列するため、大原の実光院《じっこういん》へ出かけていった。実光院は三千院の筋向いにあるこぢんまりしたお寺である。

私は横川の行院へ入る前、週に一度くらいの割で実光院へ声明《しょうみょう》を習いに通っていた。大原は天台声明の聖地で、実光院も声明の家柄としてつづいているお寺であった。私の先生の天納伝中《あまのでんちゅう》師は、天台声明で日本一の中山玄雄大僧正の高弟だが、私より若い四十代の方である。

私はお稽古より天納師と、旅の話や、音楽の話をするのが面白く、師弟というより気のあう友人のようになり、美しい奥さまのつくって下さる草餅や、お料理をいただいて、すっかり長居する癖がついてしまった。

大原は京都の観光地となってはいても、丁度私の通いはじめた頃は、真冬で、いつでも雪が降っていたので、人里離れた聖地の感はひとしお深く、観光客もまばらで静寂そのものだった。

天納師から声明のむつかしいドレミファみたいなものを教わって、私が比叡山横川の行院へ、二カ月の行に入山している留守中、ひとりの女性が実光院を訪れていた。

彼女は、私が入山する前、長い手紙を私にくれていた人で、かりにK子さんとしよう。K子さんは美しい文字で整った文章を書き、私に尼になる方法を教えてくれといってきた。前々から尼僧になりたく、ある時期、京都の尼寺へも入ってもみたが、そこの尼僧の生活をみていて、失望し、出てきたという。それでもやはり尼になりたい意志は捨てきれないでいたところへ、私が出家したのを聞き、普通の生活をしていて、突然尼になったらしいので、そのような方法があるなら教えてくれというのであった。大同小異の手紙は、私の得度後、たくさん貰っていた。

私はまたかという気持ちで、K子さんの手紙を読んだ。尼寺へ入って、何に失望したかしらないが、わずかの間に、尼寺へ見きりをつけるようでは、どこへいっても同じだという気持ちがしたし、何の世界でも遠くから見たらよその芝生のように美しくみえるが、近づけば、同じ土のみえる芝生で、失望するものだといってあげたい気がしたが、忙しさにかまけてそのままにしてあった。私はいただいた手紙は丁寧に読むが、返事を書いたことはほとんどない。返事をくれないといって、中にはずいぶん無礼な奴だと怒ってくる人もあるが、怒る方が無礼だと私は気にかけていない。人にはそれぞれの生活があって、手紙一本くらいと思っても、その手紙一本がなかなか書けない忙しい暮らし方の者もあり、私のように、書くことが仕事になってしまうと、原稿用紙に字を書く以外は、自分の名さえ書くのも吐き気がするという暮らし方の人間もいるのである。でも人はたいてい自分本位にしか物を考えられないから、自分の気持ちをこめた手紙に返事をくれないと腹が立つのであろう。私がごくまれに未知の人に返事を書くのは、返事を需《もと》めない、愉しい手紙をくれた人にかぎっている。

K子さんの手紙は、K子さんの一身上の大問題に関していたようだし、そう若い人とも思えなかったので、自分で解決するしかないだろうという気もあった。尼寺に入って、尼になる方法を教えてくれというのもおかしいと思った点もあった。

ところが、彼女は何かで私が実光院へ通っていることを知り、実光院へいけば、私に逢う手だてがあると考えたらしい。

はじめて訪ねた時は、天納師はお留守だったが、奥様が応対され、私に逢いたいという彼女の話を聞かれた。そのうち、天納師が帰られたが、彼女は同じことをいって、いつまでも帰ろうとしない。私が行院へ入っていて二カ月は面会不可能というと、それなら、ここで尼にしてくれという。天納師は困られて、本当にその気があるなら、もっとよく考え直して出直すようにといい、とにかく、その日はK子さんを帰された。ところが一週間ばかりして、今度は、彼女は現在つとめている主家の女主人につれられて実光院へあらわれた。京都の立石電機の社長夫人で、たまたま、私は夫人とお近づきがあった。

K子さんは半年前、立石家に新聞広告の縁でお手伝いとして住みこんでいたという。

気立てがいいし、よく働くので、夫人はすっかり気に入って、目をかけて親身に可愛がっていられたところが、どうしても尼になりたいといいだしたので、心配のあまり病中にもかかわらず同道したといわれるのだった。

天納師は、そこでも、K子さんに立石夫人ともども、思い止まるよう話されたが、どうしてもK子さんが翻意しないので、もし本気なら、もう一度考え直してくるようにといって帰された。

私が二カ月の行を終えて下山した時、真っ先に聞かされたのは、K子さんが、三度めの試みの後、やはり決意固く、三度《みたび》、実光院の門を叩いたという話だった。

「瀬戸内さんの縁で、とうとう、ひとり尼さんが生まれることになりましたよ」

天納師にその経過を聞かされ、私は愕《おどろ》いたが、もう、法名をつけて、宗務庁に届けを出さなければならない時期になっているから、本人の希望でもあるし、寂の字をあげてくれないかという。私と天納師で、考えぬいたあげく、天納師の伝中の中と、私の寂の字をあわせて、寂中《じゃくちゅう》にしてはということになり、法名が決められた。

法名が決ってから、私ははじめてK子さんに逢った。K子さんは小柄で、可愛らしく、四十近い年には見えない。まだまだ頭をまるめるには痛々しいような若さだし、魅力のある人だった。顔に暗いかげもなく、どうしてこの人がこんなに尼になりたがっているのかわからない。天納師にも、立石夫人にも、素直な彼女が、がんとして過去だけは語らないという。尼になりたい理由も聞かないでくれという。

私は二カ月ぶりで訪れた実光院の座敷で、彼女に逢い、その安らかな表情を見て、もう何もいうことはないと思った。聞かれたくない過去を、私も訊きたいとは思わなかった。若く見えても女が四十年生きてきたからには、さまざまな、人に云えない過去の想いを心身にたたみこんでいる筈である。今になっても、私は私の得度した理由というのを人に訊かれる度、答えようがなく困ってしまう。生きてきたすべてが仏縁につながり、得度の因となったとしかいいようがないのだ。K子さんだって、私と同じで、おそらく、尼になりたい理由を説明のしようがないのだと思う。

当日、降りつづいていた雨が不思議にやみ、大原は梅雨曇りの中で、絵のように煙っていた。

靄の中から、全山の新緑が鮮やかに燃えたち、呂川《ろがわ》の流れの音が淙々《そうそう》とひびいていた。大原の高名な寺々から、立派なお坊様が五人も出席して下さり、声明の山だけあって、立派な声明つきの格式のある得度式が行われた。立石夫人も出席されていた。K子さん側は、東京のお友だちと、京都の下宿の女主人の出席で、肉親はいない。私も高僧の方々の末席につらなって、習い覚えたばかりのお経を和した。

K子さんは花模様の白っぽい着物に赤い単帯《ひとえおび》をしめて、最後の薄化粧をして晴れ晴れした表情だった。

式が進むにつれ、K子さんの友人のすすり泣く声が背後でしていた。私は去年十一月の自分の得度式のことを思い浮かべながら感慨無量だった。十一月の中尊寺は紅葉の炎につつまれていた。K子さんが、天納師から剃刀をあてられたり、袈裟を下げられたりする度、私は時間が逆流するように思われ、白い単衣で坐っているK子さんが、鶯色の色留袖《いろとめそで》を着ていた自分の姿に見えてきてならなかった。

式が進み、K子さんがいよいよ剃髪のため別室に退いた二十分ほどの間、伽陀《かだ》（声明の種類）がひきつづけられた（伽陀は歌うといわず、ひくという）が、それを聞いていると、私は一層、心がひきしまってきた。私には別室のK子さんの頭にバリカンがあてられ、ざくり、ざくりと、黒髪が落ちていく様が見えるようだった。私の背後で泣いていた姉の泣き声が、耳の奥によみがえってきた。

鏡をとりあげ、はじめて見た剃髪後の自分の俤《おもかげ》もくっきりと思いだされてきた。

やがて、K子さんが廊下の向うからあらわれた。私が行院で着ていた衣と袈裟を身につけ、K子さんはひとまわりまた小さくなった感じだった。髪のなくなったK子さんの顔は、十くらい若くなり、化粧を洗い落とした素顔はつやつやしてひきしまっている。「かわいい」という声が、私たちの間からいっせいにわきおこった。ほんとに可愛らしい尼さんだった。

式のあと、天納師の心づくしの祝宴が開かれた。その席でも、寂中尼の姿は初々《ういうい》しく可愛らしかった。

「本人がこんなに喜んでいるのですもの、もう私もあきらめましたし、安心いたしました。これでよろしいのでございましょうね」

立石夫人が、涙を抑えた声で私にしみじみささやかれた。私は不思議な名状し難い感動で、実光院を辞した。

尼僧に生まれかわった寂中尼の合掌した手がいかにも小さくあどけなかったのが目にしみついている。やはり私が尼僧になった瞬間、私の姉は、私の合掌した手が、あまり小さく子供っぽくみえて涙があふれたと私に語ったものだ。

寂中さんは、これからずっと実光院に住み、天納師の許で尼僧としての修行をつむ。その前に、この秋には、早速、横川の行院へ入り、私と同じように、きびしい行《ぎょう》を終えなければならない。

私より、十歳余りも若い寂中尼が、尼僧として余生を貫き通すには私より辛い心の山河を越えなければならないだろう。しかし、ここまで固い決心をひるがえさなかった寂中尼は、おそらく、初志をとげ、還俗《げんぞく》するようなことはないだろう。

むしろ、天納師のような俗世では稀有《けう》な親切で心の温かい御夫妻に拾われ、美しい大原の里に住みつけ、仏に仕える一筋の生活を送れる寂中さんの方が、尼僧になりながら、小説を書く業に執着がたてず、俗界にいて、やはり締切地獄に苦しめられる私より、はるかに幸せであるかもしれない。

得度して八カ月、私にとっては人生で最も速く日がすぎてしまった。

仕事を特にへらしているつもりはないが、実質的には、得度後の生活設計のため、連載の仕事をひかえたので、夜の夜なかまで仕事をするようなことはなくなった。

　ああもしたい、こうもしたいと思っていたことの何分の一も実現しないが、半年以上も下りなかった嵯峨の庵の建築許可が、ようやく下りたので、年内には嵯峨へ引越すめどがついてきた。

　私の建築設計で最近変ったのは、行院に行く前は、自分の部屋に仏像をまつるつもりだったのに、やはり、持仏堂をつくりたくなった点である。

　小さな小さな持仏堂に、私は朝夕こもって勤行《ごんぎょう》をしようと思う。今は、かり住まいの床の片すみにまつってある観音像に、朝夕のおつとめをしている。

　着るものは、たまには服も着ることもあるかと思っていたのに、今は、白衣と墨染めの衣しか着ることはなくなった。平常家にいる時は、白衣の上に茶色の裙《くん》をつけている。裙は箱ひだのついた巻きスカートのようになっていて、よくお寺の小僧さんがつけているあの姿である。私の裙をつけた姿は、どうやら、ロングドレスより似合うようで、みんながほめてくれる。

　香も、習字も五十の手習いではじめかけているし、つい最近は、仏像を彫ることを習うため、弟子入りもした。

　あれもこれもしたいことが山ほど出てきて、私は子供のようにわくわくしている。

　仕事の予定もびっしりつまっているし、そのどれも、私の余生を賭けてもいいような大きな企画を考えている。行院に入って得た最も大きな収穫は、自分の軀がまだまだ若いという自信であった。

私は五十年間、思うままに我がままを通して生きてきた。

自分の才能を極限にまで押しひろげて生きることが、人間の生甲斐だと信じてきた私は、私の五十年の生き方に悔いはないが、私の我がままを通してきたため、知ると知らざるとにかかわらず、傷つけてきた人々にどうわびていいかわからない気持ちが生じている。五十年生きて、ようやく、私は他を思いやる心のゆとりが出来てきたのだろうか。

天台仏教では、懺悔《さんげ》が勤行の中心になっている。行院で朝から晩まで勤行をしていた間に、私は何千回となく、懺悔という文字に出逢った。「ざんげ」とは呼ばず、「さんげ」または「さんかい」と読む。

これまで、私は誰に対しても自分が悪いことをしていると思ったことはなく生きてきたが、行院で、俗界と離れ、行に明け暮れている間に、懺悔することが何と無数に自分の過去には堆積していることかと思いしらされた。

人を傷つけたと思えることはあっても、自分でちっとも傷つけるつもりはなくて、人の心を傷つけていることはおそらく数えきれないのではないかと思う。あるいは私という存在そのものが、人を傷つけていることだってあると思う。そういうことを考えるゆとりの出来たことを、私は自分が年をとったからだとは思えない。

何かが、私の死に至る前に、そういうことを考える心のゆとりを与えてくれたのだとしか考えられない。

私にはまだ一向に仏も見えなければ、来世も信じられない。今の私にわかることは、人間とは自分の心ひとつさえ自由に統御出来ないあわれな生物だということである。学問があっても、才智がたけていても、自分の心を自由にすることは出来ない。よく、理屈ではわかっているけれど、そう思えないということがある。人間の心の底はどこまで深いかわからないし、人間の愛もどこまで広いかわからない。

自分の心のすみからすみまでわかっていたつもりでも、人間は思いがけない心の衝撃《シヨツク》をうけると、自分で信じられないような全く別の人間に自分がなっていることに気づかされる。人間は死ぬまで結局、自分を知りつくそうとして生きているのかもしれない。自分の心さえ自由にならないくせに、人間は、自分以外の者の心を思うままに出来ないといってもだえ苦しむ。相手が夫や、妻や、恋人や、子供たちであっても、誰の心を自分の思うままに支配など出来ようか。

おそらく、あの可愛い尼さんの心の中にも、そうした愛のもだえがあってのはてに、人間以外のものにひれふす憧れを持つようになったのではないだろうか。

（「婦人生活」昭和四十九年九月号）

すててこそ

今日の空も晴れ上っている。あれから丁度一年がすぎた。一九七三年十一月十四日の朝を私は陸奥の中尊寺の宿坊東稲《たばしね》荘で目を覚ました。今朝、私は洛北大原の里の入口の松林の山ぎわの仮寓の二階で目を覚ました。

あの日も起きてすぐカーテンをひいたと思いながら、私は寝床から出てカーテンをひきあけた。空はあくまで青く、朝の雲が輝きながら流れている。窓にせまった赤松の林は一年間私の馴染んできたものだが、今朝はひっそりと静まり、あるかないかの風に枝をゆれさせている。半月ほど前から松の葉が下の方から金色に染まり、そうと気づいて毎朝たしかめると、一日々々愕《おどろ》くほどの正確さで、金色の針が増えていく。松は常磐木とばかり思いこんでいて松葉が秋と共に紅葉して落ちることなど、すっかり忘れていた私は、最初、松の黄ばんだのを発見した朝、松が病気にかかったのではないかと思い、どきっとした。大磯や鎌倉の松が病気にかかり、つぎつぎ枯れていくという話を聞いたのを思い出していた。しばらくたって、私は何年か前、修学院の十一月の末の庭で、びっしり小径のまわりに散り敷いていた松の落葉を思い出していた。その落葉は淡いベージュ色をして、ベージュの中に、ほのかに紅いをひそめ、何ともいえない柔かな美しい色をしていた。細い針のような落葉が、無数に重なりあっているため、丁度上等のゴブラン織でもみるような、ふっくらとした厚みと深い陰影があった。

その美しさに目を奪われ、私は立ち止ってしまい、連からはぐれてしまったものだ。あれからもう十数年が経っている。あの日の松の落葉の美しさは今でも目の底に鮮かにやきついているというのに。

昨年の今日、東稲荘から見た窓の下は赫々とした紅葉の海だった。その部屋でうぐいす色の色留袖の最後の晴着を鏡に映してみた自分の姿が浮んでくる。それから得度式の途中、別室で、愈々《いよいよ》髪を落す瞬間に鏡に映した自分、剃髪直後、さしだされた鏡の中に見出した全く新しい見馴れぬ自分の顔、それらが目の前に重なりあって浮びつづける。得度後、東京の仕事場を片づけるのに暮までかかって、この家へ移ったのは年の暮だった。まるで私の得度の頃を境のように、それからの一、二カ月で世の中の様相はすっかり不気味に変ってしまった。石油ショックの騒ぎから狂乱物価のとめどもない暴走ぶり、オカルトブームに、終末思想。どちらを向いても絶望的な暗い話ばかりだった。私の得度の姿をニュースとして表紙に刷った週刊紙が、トイレットペーパー買だめ騒ぎの漫画を表紙に刷っていたのと、さしかえたと聞かされて、あきれながら、私は一生、自分の得度の頃を思いだす度、トイレットペーパーの幻影についてまわられることだろうと苦笑していた。

予想以上に、私のしたことは事件として扱われジャーナリズムに騒がれたので、私はほとぼりのさめるまで、身をひそめて、ひたすら身辺整理に明け暮れていた。思っていたより急に速くその日が来たため、事前にしておくべき身辺整理が半分もすませてなかったのだ。ようやくどうにか東京を脱出出来、この小さな仮寓に移ってきて、はじめて、出家の実感を嚙みしめることが出来た。私の来るのを待っていたように、それからの毎日、このあたりは雪が降りつづいた。京都の市中が晴れている日でも、毎朝雪が霏々《ひひ》として降りしきるのだった。午後になるとあがり、積もるほどでもないけれど、目を覚ます度まず雪を見る日々は、まるで別世界に住んでいるようで、身も心も冴え冴えとひきしまり、私は雪を見つめているうちに、雪が自分を包みこんで何かからかくしてくれているような安らぎを覚えさせられた。

仕事も年末までは一応区切りをつけておいたので、私にとってはここ十数年来味わったことのない気持の余裕を持つことができた。

するとその頃から私は思いがけない不安定な心境に自分が置かれはじめているのに気がついてきた。

頭の冷たさにも、法衣の白と黒にもようやく馴れはじめたというのに、かえって私は前途に漠とした不安の霧が立ちふさがるような感じがした。人と出来るだけ逢わず、ひっそり暮すことは、私の長い間の憧れであり、得度の時までつづいた長い歳月の愛にも現世的な訣別はつけていたし、出家することによって、その愛をさらに昇華した形で保つことが出来れば望外の幸いだと思っていた。人の愛の相《すがた》は、結局、どんなにとりつくろい飾ってみたところで、所詮は自己愛であり、献身とか無償とかいうことばのかげにも、醜い自己愛がかくされていると私は思っていた。それは様々な愛のさてつを通して得た私のたどりついた認識であり、人の愛についてでなく、自分の愛から得た感懐であった。人は愛しあいながら、なぜ傷つけあわなければならないのだろう。愛が深まれば深まるほど、傷も深くなるのが人間の愛の本質だろうか。私は、それらの疑問に何の答えも見出せないまま出家したのだった。目に見えない川を目をつぶって飛んだ気もしたし、高い断崖の絶端から深い谷へ向って目を閉じて身を躍らせたとも感じた。彼岸も、谷底も、そこに命をかけて至ったものでなければ見ることの出来ない風景がある筈であった。私はひとつの命がけの賭をしたのだろうか。何かが、私が信じたがっている何かが、たしかにあるならば、それが身を躍らせた私を途中で抱きとめ、彼岸へ、あるいは谷底へそっと置いてくれるだろう。流れに沈むか、谷底の石に身を砕くか、私はそうなってもいい気がしていたのだ。それは絶望的な虚無の底からの私の最後のあがきだったから、それ以上の闇はないだろうと私は思っていたのだ。

病気でもないし、暮しに困っているわけでもないし、愛に飢えているわけでもない。それでいて、ここ、二、三年来、私は自分の心にはびこりつづける絶望感と厭世感をどうすることも出来なかったのだった。仏をたしかにあると信じきって得度したわけではなかった。髪を剪《き》り、女の性《さが》も捨て私の示せるだけの誠意を示して、身を投げかければ、もしかしたら、仏の声が聞えるかもしれないと賭けたというのが真情であった。私はこの仮寓に身をひそめてみて、騒ぎから遠ざかると、ようやく自分が、決して渡ったことのないある向う岸にいるのを感じた。

捨ててきた世間でつきあった親しいすべての人々は、相変らず、否むしろ、前より情深く私に親愛を送りつづけてくれている。私は有難く、ここ十年余り、忙しさに逐《お》われつづけて、ゆっくり、見つめるひまもなかった旧い友人たちとの長い歴史を思いかえし、忘れていた感謝の気持をよびさました。逢うことの少くなった私に、彼や彼女たちは、むしろ以前よりこまめに電話をくれるようになった。みんなやさしかった。私は人のやさしさを味わったことのない孤児のような深い感動で、電話の運んでくる幾山河はるかからの彼や彼女の声に耳をかたむけるのだった。

その誰もがいった。あなたは何てツイてるんだろう。もう一月、いや半月おそくなっていても、得度式はあのようにスムーズには行えなかっただろう。確かにそれはその通りだった。世間の狂乱ぶりは日と共にひどくなり末世的様相はますますきびしくなっていた。新聞は来る日も来る日も地獄のような事件や記事で埋まっている。確かに世界は末世の様相を呈してきた。

仏教では釈迦の滅後五百年（あるいは千年）間は正法の時代といい、仏教はまだ釈迦の教えのまま栄え、仏弟子たちは釈迦の教えに従い修行し、証悟《しょうご》が得られる。しかし、五百年（千年）すぎると、像法《ぞうぼう》の時代となり、釈迦の教えはもう伝わらなくなり、あるものは経典と、それによる修行しかなくなる。人間の質がそれだけ下ってしまって、そこにはもう証悟は得られない。更に下って仏滅後千五百年（あるいは二千年）すぎると、末法の時代といい、真に仏の道を修行するものはいなくなり、ただ存在するのは経典のみとなり、人間の質はいよいよ下り、悪は世界にみちあふれ、罪の結果、人は不幸と短命になる。この時代を末法の時代という。わが国では藤原氏の末から武家時代に移ろうとする時にあたっていた。政治は腐敗し、社会は混乱し、戦乱と天災は絶間なくおこり、人々は不安と動揺に右往左往した。そういう現象をみて、人々は確かに末世が到来したと怖れた。その中から新しい庶民の仏教が起り、浄土教が生まれた。

鎌倉時代の宗教のルネッサンスはそういう終末感から起ったのだ。しかし、それから数百年を経た現代もまた、何と仏教にいう末法の世にそっくりだろう。

世界の終りがそこに来ていると脅える神経は病的でなく、むしろ、平然とこの末世現象の中で生きていられる神経の方がすでに病んでいるのではないか。あるいはもはや狂っているのではないか。出家する前、私の襲われていた厭世感は、こういう末世的現象の嫌悪感あるいはそういう未来への絶望感からもひきおこされていた。しかも、そういうものに対して、自分が全く無力であることの自覚がいっそう私を厭世的にしていた。

今になればうまく世の中を脱けだしたといって友人は祝福してくれたり、そういうことの出来る私の身軽さを羨んだりしてくれる。

私は終日雲と松林に面しながら、じわじわ湧きおこってくる自分の不安にじっと耐えなければならなかった。そういう不安は私の全く予期しないものだった。私は形通りたどたどしいお経をあげたり、写経をしたりしていたが落ちつかなかった。私に仏教の知識がないことと、まだ仏徒としての修行が全く出来ていないための不安だった。私は自分が、宙に下げられている人間のように感じて落ちつかないのだった。二十年来、休んだことのない書くという仕事を休んでいるためもあっただろう。叡山に入り、二カ月こもって行を受けるまでには、まだ何カ月かあった。私はその日が待ち遠しくなった。

それまでの間に、私は手当り次第、仏教書を読みあさった。仏教は知識ではなく信仰を得、悟らなければ意味がないとわかっていながら、私は自分の仏教に対する無知から不安でならないのだった。それまで私の集めていた仏教関係の本は、毎日読んでもなかなか読みきれるものでなかった。私はやはり、得度前、一番心惹かれていた道元の正法眼蔵を読む時、心が一番落ちつくのだった。

道元は、文筆詩歌等はつまらないものだから捨てるべきであるといっている。私は文筆を捨てる決心だけはまだつかない。しかしそれ以外はすべてを捨てて悔いなしと思ったのだ。仏教上で誰の教えも受けず、私は勝手に、自己流に一遍や道元の書いたものを読み、それらのことばの中から、「すててこそ」という思想を発見して、真に魂の自由を得て、自分から解き放たれるためには、すべてを捨ててみることだと考えついたのだった。私は文筆だけは捨てられないとはいっているが、文筆を生活の糧にすることは捨てたと同然であった。僧形《そうぎよう》になった私にジャーナリズムや文壇が反感を持ち、書かせてくれなくなれば、それは捨てまいと思っても、捨てざるを得なくなるではないか。しかし、私はその時はそれでよしという肚《はら》だけは決めていた。つまりは私は文筆も捨てたということであったろうか。その頃の私の漠とした不安の中には、いざ私がふたたび仕事を始めたいと思う時、はたして、私は書けるだろうか。また書く場が与えられるのだろうかという不安もあったのだと思う。

ひたすら勤勉で二十年近く、一日として仕事を休もうとしたことのなかった私にとって、得度後訪れた信じられないような閑と無為の光る時間は贅沢すぎて身にそわず落ちつかないのであった。

道元のことばはそういう私に乾いた土が水を吸うようにこれまで以上にしみとおってきた。

「出家は恩を棄てて無為に入る故に、出家の作法は恩を報ずるに一人に限らず、一切衆生を等しく父母のごとく恩深しと思うて、なすところの善根《ぜんこん》を法界《ほふかい》にめぐらす」(「正法眼蔵随聞記」)、

出家した修道者は、父母に対する報恩は、中陰の供養や、忌日の追善、読経などすることにあるのではない。そういうことは在家にまかしておいて、出家はひたすら、仏の示した真理体得、証悟を得るため努力することこそ真実の報恩だという。

道元はことごとに、在家と出家を峻別して呼びかけることばは、すべて遁世者に対してであった。私は出家前から、道元は好きで、その書いたものを読んできたが、自分が

出家して読み直すと、以前とはちがって、まるで道元のことばが自分ひとりに向って語りかけてくれているように聞えてくるのだった。

そう気づいた頃から、私は自分の不安が、少しずつ霧が晴れるように消えはじめているのを感じてきた。

道元を読んでいると、仏法ということが、すべてを捨てて身を投ずるほどの価値ある真理というように思えてくる。それは、所謂拝む、たのむ、慈みをあてにするといった仏への依存のしかたでなくて、絶対無二の真理を体得することが、真の出家だと聞えてくる。その真理は、自分で俗塵を離れ、静寂の境におもむき、ひたすら「只管打坐《しかんたざ》」（坐禅）して悩み考え、自分で真理に近づこうと努力してこそ、体得出来るものだと教えている。仏教というとただあり難やあり難やで、掌をあわせ、お経をあげればいいように、あるいは念仏をとなえればいいように考えられ勝だけれど、道元を読むと、それはむしろ、哲学をしているような爽やかさときびしさを感じてくる。道元が好きな一方、私は絶対他力の一遍もまた好きなのであった。一遍が、道元のように、いや道元よりもっと世俗になじんだ後で、俗界の自分の地位も財も、恩愛もすべて捨てはてて遊行《ゆぎよう》した姿に、私はいさぎよさと、烈しさと、すがすがしさを覚えるのだった。

道元は、修道者は、造像起塔に奔走するのは邪道であるともいっている。一遍の遊行も、造像起塔とは無関係だった。法悦の喜びのあまり踊り狂う信者たちがつねに一遍の後に従うようになっていたが、一遍は教団を造る意志は全く持っていなかった。

「わが化導《けどう》は一期《ご》ばかりぞ」といい、自分の教えは一代かぎりでいいのだといいきっている。自分のしかばねは野に捨ててけだものにほどこせというのが遺言であった。そういう一遍に従った信徒の中には、一遍の死後、丹生山の奥に入り、自然死を待ったものも、前の海に入って入水死したものもあった。

私は縁あって天台の得度を受けたけれど、その頃まだ天台宗に捕われてはいなかった。叡山は、昔から仏教の総合大学のような聖地だし、多くの宗祖は若い日一度は叡山で修行し、やがて、自分の宗派を創造するため、山を下りている。私のように仏教のいろはから学ぶ者にとっては、まず天台に帰依したことはいいと考えていた。岡本かの子は、自分の好もしいと思う宗祖、感覚的に好きな宗派にまず入っていくことが仏教への何よりの手がかりだと教えている。

仏の真理はひとつだと思っていた。山の頂はひとつでも、その頂に至る道は八方から通じているのと同じで、どの登山口を選んでも究極はひとつだろうと思っていた。私は主義でも、思想でも、宗教でも、自分の信じるもののために他を、絶対認めないという主張はあまり好きでない。左翼同志、右翼同志が内ゲバで殺しあうなど全く馬鹿々々しいと思うし、宗教でも、自分の信じる以外は邪教だと口汚くののしるのは好きではない。人は人、自分は自分でいいのではないか。他力だろうと、自力だろうと、自分の器に従って選べばいいのだし、自力を極めた末に他力の道が開けるのか、他力を極めた末に自力の道にも達するのか、聖人でなければ、われわれ如き小人にわかる筈もないのである。

私は日蓮は情熱的で好きだけれど、他宗の悪口をむきになっていうところが何だか子供っぽくてかえって頼りない気がする。

何度も読んだつもりだった、過去の聖人たちのことばが全く新鮮に目に映って、私は次第にそれらに親しんでいるうちに、静かすぎて、不安を招くほどになった新しい暮し方に馴れてもきた。

「学道の人、世情を捨つべきについて、重々の用心あるべし、世を捨て、家を捨て、身を捨て、心を捨つるなり、よくよく思量すべきなり。世を遁れて山林に隠居すれども、わが重代の家を絶やさず、家門親族のことを思ふもあり、また世をも遁れ家をも捨てて親族境界をも遠離すれども、わが身を思ひて苦しからんことをばせじ、病ひ起るべからんことは仏道なりとも行ぜじと思ふも、いまだ身を捨てざるなり。また身をも惜しまず難行苦行すれども、心仏道に入らずして我が心に違ふことをば、仏道なれどもせじと思ふは、心を捨てざるなり」(「正法眼蔵随聞記」)

真理の体得を目ざす修道者は、世情を捨てることについて、くれぐれも注意用心しなければならない。世情を捨てるとは世間も、家も、自身の体も、心までも捨てるということでなければならない。世を遁れて山林にかくれたところで、自分の家を断絶しないよう気を使い、家門や親族のことを案じつづけている人もあり、また世も家も捨て、親族たちもすっかり捨てているが、自分の体を考えて、苦しいことはしまい、病気になるような難行は、たとえ仏道のためといってもしないというような考えではまだ、本当に身を捨てたとはいえない。また身をも惜しまず難行苦行に耐えても、我意を捨てきらず、まだ心が捨てきれていないこと、そまないことは、たとい仏道でも出来ないというのは、まだ心が捨てきれていないことである。現代のことばでいうとこういうことになる。こういう道元のことばは、自分の心をかえりみるのにずいぶんためになった。

頭をまるめ、世を捨てたつもりでも、私はまだ世俗の垢がついてまわっている。いつの日、道元の許すような捨てかたに徹しられるであろうか。

その頃から、私はふと、自分の目に映る木や草や、雲や風や陽の光りが、これまでにない美しさに輝き、澄み透っているのに気づいてきた。

毎日窓を訪れる雪がそうであった。雲のとばりの向うにかすんで並ぶ赤松の林がそうであった。月も星も、私のかくれ家の窓からは、何と澄明に輝いていることか。

かつて、私は自然より人間が好きであった。自然描写は人の小説でも飛ばして読んだし、自分でも小説の中に書くのはいやだった。自然に向って心がふるえるほど感動したということはあまりなかった。その私に、出家後、急に自然が語りかけてきたのはどういうわけであっただろう。私は毎朝、目をさます度、雪を見るのが愉しみであり、別の窓から遠山の姿を見るのが日課になった。山は毎日、同じ姿をしていながら、一日として同じ表情ではなかった。それは時間によってもちがっていた。私はまた道元の「山水経」の中のことばをはたと思い浮べずにはいられなかった。

「而《し》今《きん》の山水は、古仏の道現成なり」

「青山常に運歩し、石女夜児を生む」

「山是れ山、水是れ水」

わかったようでわからなかったこれらのことばのいのちが、今、私には脈々と伝ってきた。一木一草、すべて生きて、動いている。松の葉が落ちるのも、新芽が萌えるのも、松が生きて、生命が走っているからであった。おそらく、私が死んでしまった後も、この松は何十年も、もしかしたら何百年も生きつづけるであろう。

私は、目がいきなり洗われたように思い、世界の冬景色を見直していた。

ふりかえってみれば、私のあの霧のような不安はもう一掃されていた。

私はあるがままの自分を投げだして、あるがままの自分の器量のうちで、ゆっくり悟りに近づいていけばいいという落ちつきをとりもどしていた。捨ててしまったつもりで捨てきれないでいるかもしれないものや、捨てきれないと思っていたものが案外、最も早くきれいさっぱり捨てきれていたかもしれないことにも、私はとりたててこだわるまいと思うようになった。世間で捨てさせてくれないという不安や思い上りからも解き放たれようと思った。

気がつけば捨てきれていたという境地が、本当であって、捨てた捨てたと意識に上る時は、まだ捨てきれていないのだということもわかってきた。

私はいっそうひっそりと机に向いつづけ、仏典の外に、古典の文学を読み直しはじめていた。西行や芭蕉や、今まであまり興味をひかれなかったものが読み直すと面白くてならなくなった。兼好も長明も、今の私にはこれまでとちがった感じで身近に感じられ、そう思って読み直すと、今まで見落していたこともいくつか発見出来ていた。源氏物語も、蜻蛉日記も、私にとっては新しい発見の宝庫になった。

少くとも古典の文学の中には、人と宗教がとけあって、生活の中に宗教はしっかりと編みこまれていた。末法の世とはいえ、現在の末法とはまたちがっていた。

それからまた、私は日本の中世を読み直していた。これはもう、あまりに現代的で気味が悪いくらいだった。伝統や価値観の転倒、下剋上、内ゲバ、政変、天災、人心不安、しかもその中から、あらゆる文化の芽がふきだしている。人間のいのちのしぶとさと、芸術のいのちの妖しさは、人智ではかりしれないものがあった。

私は世を捨てて、かえって広い深い知識の海をとりもどしたような気がしてきた。人に逢わない毎日が、充実して、心はゆたかだった。

ある朝気がつくといつのまにか雪が降り止んでいた。林の下の灌木の枯枝にビーズ玉をばらまいたような翡翠色の芽がふいたと思ったら、それは日ましにアミーバのようにふくらみ、たちまち、目もさめるような緑色の若葉がいっぱいになった。

高野川沿いの桜がいつのまにかふくらみ、いっせいに咲き揃った。松林には朝から夕方まで、あらゆる小鳥が来て、鳴きさえずっている。

私は、その春くらい春らしい春に溺れたことはなかった。

そしてはや、私の入山の日が迫っていた。

天台宗で得度した者は、叡山の横川で二カ月の加行を受けるのはしきたりだったし、義務であった。

私は三十数人の行院生といっしょに行院で日を送った。ほとんどの院生は二十一、二から、五、六までの青年だった。

下界との交渉は一切断たれ、新聞もテレビもラジオもない生活が二カ月つづくと、私はようやく、自分が出家したという実感が身についてきた。

様々な修行が課されたが、私にはすべて面白く辛くなかった。肉体的苦痛など、その場がすぎれば忘れてしまう。二カ月の行院で、私はこの十数年自分が小説を書くという凄まじい苦行をつづけていたことに今更のように思い至った。小説を書く忍耐と苦悩に比べたら、横川の行など物の数ではない。

同室の尼僧がことごとく悲鳴をあげ、不平を並べるのをききながら、私は結構愉しんでいた。

横川は今尚叡山の聖域である。観光客もここまでは入れない。行院からは京都の町は見えず、目の下に琵琶湖とその周辺の町が拡がっていた。

晴れた日も雨の日も、朝も夜も、その風景は何と美しかっただろう。琵琶湖の湖南の、猥雑な歓楽街は、山の樹々にかくされていて、昔もこうであったかと思われる田と、家が目の下に見えるのだった。

午前二時に起きて、勤行《ごんぎょう》に入る時、渡り廊下から見下す下界の灯の美しさは、天上の星座にも劣らなかった。

私はそこで春を送り夏を迎えた。

長いと思う閑もないほど夢中ですごした二カ月がすぎて、下界に降りてから、私はもう、自分が、全く尼僧になりきっていることに気づいた。

頭をまるめていること、法衣をつけていることを私は忘れきっていた。

町に出たり、列車に乗る時、何となく気恥しかったのが、全くなくなっていた。人の視線もそういう私を見ることに異様さを感じなくなっているように見えた。

山を下りたら、嵯峨の庵が出来ている筈の私の生活設計だけは狂った。建築許可の下りなかったせいで、私はこの仮寓でまだ半年すごさねばならなくなったのだ。

私の留守の間に、松林の下草はますます猛々しく生いしげっていた。手伝いの少女がつくっておいた朝顔の棚に花があふれるように咲きはじめた。

私は所用で何度か新幹線で上京した。東京の空気の穢《きたな》さは、私の記憶を上まわっていた。二カ月清澄な山の空気ばかり吸ってきた私には、東京の悪の濃い空気は、たまらなかった。たちまち、咽喉がひきつり涙が出た。

秋と共に私は仕事をはじめた。しばらく休んでいたため、カンが狂っていないかと不安だったが、ペンをとれば、カンはすぐもどってきた。

仕事をはじめたとなると、テレビやラジオの話や講演が殺到した。叡山からどうしてもと頼まれた講演だけ、二、三つとめて、他は一切ことわった。

テレビもラジオも断った。出来ればもう私は一切、そういう形で世間にあらわれたくないのだった。

仕事が頼まれなくなっても私はひとりで書いていくだろう。食べられなくなっても怖いものはもう何もない。身を捨てて仏法を需《もと》めれば、口だけは養ってもらえるよう仏のはからいがあるだろうと、私は信じられるようになっている。

もともと物に執着心が薄いので、何を失うのも怖くないのだ。

私が出家した時、最も多く訊かれたのは以前の私の着物はどうしたかということであった。

私はそれを世話になった人にわけたりしたけれど大部分は行李をとく閑もなくそのまま故郷の姉の家に預けっ放しになっている。

この間それをつくってくれた呉服屋の女主人が見えて、どうかむやみに人にあげたりしないで下さいといって帰った。ひとつひとつ想いをこめてつくったものですからという。

私はそのことばを面白いと思った。おかしなことに、私はもうそういうものを見たいとも着たいとも思わないのだ。白と黒と、せいぜい紫の今の生活に馴れて、下着まで白一色にしてしまって、いっそさっぱりしている。訪ねてくれる若い編集者が見覚えのある服や見覚えのない服を着てあらわれると、それなりに美しいとか、似合うとかは思うのだけれど、丁度、通りすがりの家の花を見るような感じで、それを身につけたいという気持が全くなくなっている。

あれほど着る物を愉しんだ自分と今の自分が同一人とは我ながら思えない。自分では毎日見ているので自分の顔がどう変化したのかわからない。逢う人毎に小さくなったとか、やせたとかいわれるが、山で七キロやせてきたのもいつのまにかもとに近くなっているのだから、そう小さくなった筈はないのだ。それでもやはり髪のないせいと化粧をしなくなったせいで、かえって子供っぽく若く見えてきたらしい。

私も、見苦しい尼にはなりたくない。しかし、若い尼僧が、紫の被布を着て町を歩いているのに何度か出逢ったが、そういう姿で町へは行きたいとも思わない。

髪もなく化粧もなくなった五十代の女の顔は、それこそ真剣勝負のようなもので、人間の中身だけがくっきりと出てしまう。この姿で、人に見苦しい感じを与えない顔や姿になりたいと思う。それは自分の中身の問題だと思っている。

こういう姿で旅をすると、道で見知らぬ人に袖をおさえられて話しかけられることが前より多くなった。

それは私の小説の読者というより、私の本など一冊も読んでくれていないと思える人が多い。しかし彼女たちは、全身で私に親愛の気持をみせてくれ、

「お元気そうで嬉しいです」

といって涙ぐんでくれるのである。

「あなたの出家のことを新聞で見た時、ショックでどうしようと思いました。でもすが

すがしい気がして羨ましくて」

中年の女の人はたいていそういう挨拶をしてくれる。

私は彼女たちの気のすむまで立ちどまり、ただにこにこして聞いている。何といっていいか私にはわからないからだ。

そうかと思うと、以前にもまして、人に打ちあけられない恋の悩みを訴えてくる人が多くなった。

恋の渦中にいる人に何をいっても仕方のないことを私は自分の体験から識っている。しかし彼女たちは、誰かに聞いてほしいのだ。自分の罪を、裏切りを、官能の喜びを、遠ざかる愛を追う苦しさを。

私はそれらの話を以前よりはずっと身をいれて聞いているように思う。人間とはそういうものだという見方が私にはある。

そういう悩みに出逢わずすごす人が幸せか、そういう悩みにふりまわされる人がよかったのか、その人の棺をおおうまではわからないと思う。

私は彼女たちにいう。

「私はもう世外にいるんですから、何をいってもいいのよ。私は浮世の人にこういう話をすることはないのだから、気がすむなら、どうぞ」

彼女たちが解決を需めているわけではない証拠に、たいてい彼女たちは一度しかあらわれない。それでいいのだと思う。

その中のひとりが私にいった。

「ほんとにあなたはそれでいいんですか。また新しい愛にめぐりあうかもしれないとは思わないのですか」

私は訊かれて自分の心をふりかえってみた。

あれほど、ぴったりと身にそい心に執着し、喜びも苦しみも並々でなく味わわせてくれた私のあの愛の行方をふりかえってみる。

得度後、私は、魚も、肉も食べるし、お酒ものんでいるから、その戒律は守っているわけではない。しかし、得度式の時仏に誓った私の戒律を私は一年、間違いなく守り通してきた。

私がこうなった時、六十をこえたある女の人が、

「まあ、何ということをしたんでしょう。私はあなたの年にはまだセックスの喜びが最高で、そんなことをとても考えられなかったわ。あなたそんなことして、守れなかったらどうなさるの、もっとみっともないことになりはしないかしら」

私はその時も笑っていた。私は命にかけてもそれを守ろうなどと力んでいるわけではないのだ。しかし、おそらく、何かの意志が、私の断ったものを断たしめてくれるであろうという安心があった。

そして一年すぎた今、私は得度前の友情も愛情も何ひとつ失っていないのに気づくのだ。それでいて、やはり、何かが私に戒律を難なく守らせてくれていた。私はそのこと

で苦しんだり、悩んだりしたことはなかった。こう書きながら、やはりそれは尋常なことではなかったのだなという、ある感慨にうたれている。

仏教では女人はけがれある者として、神聖な結界からは閉めだされていた。法華経の中に八歳の童女が成仏するという話があるが、それも一度男子に変成してから成仏させられている。しかし道元は、仏教のそういう男女差別を批判して採らなかった。

「日本に一つの笑ひごとあり、所謂或いは結界の境地と称し、或いは大乗の道場と称して、比丘尼、女人等を来入せしめず、邪風久しく伝はりて人弁《わきま》ふることなし。稽古の人改めず、博達の士も考ふることなし、或いは権者の所為と称し、或いは古先の遺風と号して、更に論ずることなき、笑はば人の腸も絶えぬべし」（「礼拝得髄」）

女を差別して、けがれたものとしているのを誰も改めず、不審にも思わないのは、腸がねじれるほどおかしいことだというのである。

この考え方は、男性本位の立場から、女は淫乱で、男の邪魔をすると決めているからである。道元はそれを指摘して、

「女が淫乱だというが、それは男がその相手をするからで、女がそうなら、その相手の男だって淫乱であるというべきだ。また女だけが性欲の対象になるというのはおかしい。男だってなっているではないか」と反論している。当時の僧侶は女色は断っても、男色は当然のように行っていたし、当時の貴族は女色と男色を恥もなく公然と使いわけていたからである。一生不犯の道元はそういうことがすべて見えていて、かくいきること

が出来るのだった。
「男も境となる、女も境縁となる。非男非女も境縁となる。夢幻空華も境縁となる。或いは水影を縁として、非梵行あることあり、或いは天日を縁として、非梵行ありき。神も境となる、鬼も境となる、その縁数へつくすべからず。しかあれば貪淫所対の境になりぬべしとて嫌はば、一切の男子と女人と互に相嫌ふて、更に得度の期あるべからず。この道理仔細に点検すべし」（「礼拝得髄」）

つまり、修行のさまたげになるのは、女だけではなく、夢でも幻でも、神でも鬼でも性欲の対象になってさまたげになることがある。どうして女ひとりを目くじらたてねばならぬのか。おかしいではないか。ということである。

フェミニスト道元にそこまでいわれて、いっそう女たるもの、その信頼に応えねばなるまいではないか。

私はただし、自分の経験を通して、そこを断ったために、今まで見えていなかったものが見えてきたと思うし、その反面、もしかしたら見えていたものが見えなくなっているのではないかと思う。

だからといって、私は一度もそのことを後悔したことはない。また今、そのため七転八倒して苦しんでいる同性を見ても嘲笑う気には毛頭なれない。

みんなそうやって苦しみ、その苦しみをどう昇華するかでひとりひとり、ひそかに思い迷い、解決を見出していくのではないだろうか。男にはある時期が来れば自然、不可能になるという摂理がある。しかし女は、生命のあるかぎり、性が可能という罰を受けている。これを恩寵ととれる人は幸せだろうがまず、やはりこういう生理は業罰のひとつのように考えられる。

私は出家してから見ちがえるように丈夫になった。空気がいいところにいるのと、仕事がへったのと、気分がおだやかなので、何だかこのままだと八十いくつまで生きのびそうでやりきれないと思う。しかしそれも何かの意志なら仕方があるまいと思う。あと三十年も生きていたら、またある日、突然、胸のうちふるえるような出逢いにめぐりあわないともかぎるまい。

その時はその時のことだと私は取越苦労などする気はない。まだもしその時、私が小説を書いていたら、それこそドストエフスキーのような小説が書けるかもしれない。しかし、どうまかりまちがっても私がそのため還俗したりすることはあり得ない。

私の還俗を三年後と占った占い師がいたそうだが、この人こそ仏罰が当るだろう。私は面白半分に出家したのではない。

やはり、去年の今日、私は一度死をくぐりぬけて再生したのである。

私は得度一周年記念の自分ひとりの行事として、朝、いつもの三倍の長さの時間経をあげ、持っている線香の中で最も上等をつけ、写経をした。

今、この一年を無事にすごさせてくれた私の周囲の、知ると知らざるとにかかわらず、すべての人に感謝したい想いでいっぱいである。

解説

下重暁子

一九七三年十一月十四日、小説家・瀬戸内晴美は出家して瀬戸内寂聴になった。

その日、テレビ朝日の「モーニングショー」のスタジオで、マスコミへの手記を最初に朗読する役目を仰《おお》せつかった私は、ずっと晴美から寂聴への道のりの真意を知りたいと思い続けてきた。個人的にも面識はあったし、会う機会もあったが、何も聞いた事はない。ひょっとしたら寂聴さん自身も、あの手記を朗読したのは私だと気がついていないかもしれぬと思うと気がひけた。亡くなるまで私はその事を人に話してもないし、書いてもいない。それが寂聴さんの死という現実を目前に、大きくふくらんできた。

得度して尼になるという行為を、有名人だけにパフォーマンスとして受け取る人もいたし、大きな社会的ニュースで話題になったが、私はその心の奥を知りたくて、彼女の作品を読み漁った。そして、今回の死をきっかけに何冊かを読み返した。どの作品も、正直に語られているのを読み取る事が出来たが、もう一つその奥深くにあるものに辿り着く事が出来なかった。

瀬戸内寂聴という人は、まっすぐで隠し事の出来ない性格だけに、その奥にあるものを掴みとる事はかえって難しい。まして小説という完成度の高い作品になったものからは。

本音が語られているものはないか。ポロリとこぼれた感覚はないか。それを探し続けた。人前では、相手を楽しませ、サービス精神満点の人だけに、見つける事はなかなかに困難だ。

いみじくも、小説の師であった丹羽文雄が言っている。

「正月なんか私の所へきて、みんなを相手にひとりでしゃべってワーッと笑わす。やがて帰っていく。ああいうふうにやると後でひとりきりになったときどうなるのか、大変じゃないかと思っていた。にぎやかで騒ぐことが好きだけど、半分はつとめていたわけだ。自分で。それが終ると一度に反動がくる。本当はいいようもない孤独な人なのだ」

そして出家する前後のエッセイの中に、漸く私の探し求めていたものを見つける事が出来た。

河出書房新社の『祈ること　出家する前のわたし』がそれである。寂聴さんの生前の自選エッセイであるから、出家するという行為そのものというより、そこに至るまでの精神的な土壌がどこから来て、なぜそうなったかが深くえぐられている。

原因はもちろん幾つかの真剣な恋がからんでいる。その都度その恋に向き合い、結局は、自分で結末をつける。恋多き女と言われるが、寂聴さんは、恋には私などとても真似が出来ないほど潔く、しかし決して夫と妻という世間的な型にはまるのではなく、自立した一人の女として惚れる。そして結末は、辛くとも自分でつけるのだ。

『夏の終り』がそうであるように、通ってくる男の家庭を自ら訪ね、自分の心にきっちりと終止符を打つ。

出家も又、井上光晴という作家との間を清算すべく自ら出した結論である。

「しかし、みれんは永久に断ちきれないとしたら、思いきって、目の前の波に身を躍らせ、みれんの境《さかい》を飛んでしまうことの外、逃れられないのではないか。この浮世に生きていくために、人間はあらゆるみれんをひきずって歩く。それを仏教では煩悩と呼ぶ。みれんが断てたから出家するのではなく、断てないとみたから、私は出家を選んだというのが正直のようだ」（「恋の重荷」）

彼女の中では、決してみれんは断ててはいない。メラメラと炎を上げて燃え続けるからこそ、血の滲むような思いで水をかける。十年間の恋を断ち切らざるを得なかった私にも、その事はよくわかる。

出家というドラマチックな現象ではなく、それを選んだ小説家としての「瀬戸内晴美↓寂聴」にこそ興味がそそられるのだ。

寂聴さんが出家を思い立ったのは決して偶然ではない。徳島県の、仏壇という仏教になくてはならぬ物を扱う家に生れ、毎年お遍路さんの行き交う姿を目にして、死というものがそんなに遠い存在ではなく、いつか訪れるものであると感じており、若い頃は自殺願望も強かったという。

「私は安定や安住にがまんならない。安定の中にあぐらをかく風俗な幸福のいやらしさ。馴れや妥協が自分に許せない。（中略）一所不住。私には三年も住めば、その家や土地の精気を吸いつくし、そこにあるのは死んだ住いのような気がしてくる」（「世外」）

そして次の土地へと引越す。自身引越し病と呼んでいるが、「今度の出家にしても、この生来の引越病の一つの表現かもしれない。浮世から世外へ」、死はいつも寂聴さんの隣りにあった。近しい存在なのである。

私も子供の頃、二年間結核で家に隔離されていたことがある。結核が特効薬のない死病と言われていた中、無邪気な子供にはなり得ず、いつ死が訪れるかもしれない予感の中にいた。黒いカーテンを引けば夜が訪れ、すぐ隣りに死の世界、現実にはその兄弟のような眠りの世界がある事を知っていた。

その覚悟があるから寂聴さんは、沢山の人の前で説法したり、悩める人の話に耳を傾け元気づける事が出来た。幼くして死を意識せざるを得ない環境にあったからこそ、潔いまでの元気印と人々に錯覚させたのだと思う。自分をふるい立たせるためにも。

寂聴さんの生き方、考え方の根幹は、幼い頃から親しみ、長じて宗教を持前の勤勉さで学ぶ事で揺るぎのないものになっていった。その死生観を知るためには、このエッセイ集の中では最も長い「世外」が役に立つ。

ここには釈尊をはじめ、最澄・法然・道元・親鸞からさらに一遍に至るまで、その本質を知ろうとするひたむきな女性がいる。ただの学びではなく、自分の身に引きつけて理解しようとした結果、寂聴さんが心惹かれたのは、俗世にあって、生涯漂泊する中で捨てに捨てた一遍上人の生き方であった。年を重ねるにつれ、道元の「正法眼蔵」のすがすがしさにも魅せられていく。

「生も一時のくらゐなり、死も一時のくらゐなり。たとへば、冬と春とのごとし」(「道元と私」)

春が春であり、冬が冬であるように、生も死も絶対のもので永遠の真実である。死も生もごまかしのない絶対の真実と見る姿勢の中に、あるべき姿を求めようとした。仏教を語る時、寂聴さんは一言一句も違えないように、真剣に対峙している事がわかる。最後まで仏教については学ぶ姿勢を崩さなかった。

その一方で「恋をしろ」「自由であれ」と生への情熱を隠さない。その証拠として、寂聴さんの憧れた女性は「岡本かの子」であった。かの子観音と呼ばれた岡本かの子は、自らの欲するまま、好きな男を手に入れ、夫一平と共に三人いや四人で暮らす。その自分に忠実な生き方は『かの子撩乱』に詳しい。伊藤野枝など革命に生きた女にも惹かれその人生を描いてはいるが、本当に寂聴さんが憧れたのは岡本かの子。自らはどうあがいてもなり切れない天才小説家であり、持って生まれた自由な生き方に心を奪われたのではないか。そのかの子も仏教に深く帰依していた。このエッセイ集の中にはかの子がいかに数多く登場するか。かの子のように自由でありたい。俗世を断ち切って出家までしてみても、自らの中には、最後までみれんが残っている。決して覚《さと》る事のない人間らしさの中にこそ、私達は寂聴さんを身近に感じる事が出来るのだ。

出家後に書いた能「蚫《くちなわ》」。山中で迷った母娘が男に助けられ、母と男は結ばれる。年経て、母は娘と男を結びつけようと身を引く。しかし夜毎に二人の寝所の近くをさまよい、気がつくとその指は、一本一本が蛇になっていた。女の苦しみと煩悩を描いたものだ。

「みれんが断てたから出家したのではなく、断てないからこそ出家した」寂聴さんの本音に触れることが出来たような気がするのだ。

＊本書は一九八九年十一月に刊行した河出文庫『祈ること　出家する前のわたし』に、あらたに解説を加え、復刊しました。作品中、今日の人権意識に照らして不適切と思われる語句や表現がありますが、作品執筆時の時代背景や作品の文学性、また著者が故人であることを考慮し、原文のままとしました。

祈《いの》ること
出家《しゅっけ》する前《まえ》のわたし　初期自選《しょきじせん》エッセイ

一九八九年一一月　四　日　初版発行
二〇二二年　八　月一〇日　新装版初版印刷
二〇二二年　八　月二〇日　新装版初版発行

著　者　瀬戸《せと》内寂聴《うちじゃくちょう》
発行者　小野寺優
発行所　株式会社河出書房新社
〒一五一‐〇〇五一
東京都渋谷区千駄ヶ谷二‐三二‐二
電話〇三‐三四〇四‐八六一一（編集）
〇三‐三四〇四‐一二〇一（営業）
https://www.kawade.co.jp/

ロゴ・表紙デザイン　粟津潔
本文フォーマット　佐々木暁
印刷・製本　中央精版印刷株式会社

Printed in Japan　ISBN978-4-309-41908-4

貝のうた

沢村貞子　41281-8

屈指の名脇役で、名エッセイストでもあった「おていちゃん」の代表作。戦時下の弾圧、演劇組織の抑圧の中で、いかに役者の道を歩んだか、苦難と巧まざるユーモア、そして誠実。待望久しい復刊。

表参道のヤッコさん

高橋靖子　41140-8

新しいもの、知らない空気に触れたい——普通の少女が、デヴィッド・ボウイやT・レックスも手がけた日本第一号のフリーランスのスタイリストになるまで！　六十〜七十年代のカルチャー満載。

感傷的な午後の珈琲

小池真理子　41715-8

恋のときめき、出逢いと別れ、書くことの神秘。流れゆく時間に身をゆだね、愛おしい人を思い、生きていく——。過ぎ去った記憶の情景が永遠の時を刻む。芳醇な香り漂う極上のエッセイ！文庫版書下し収録。

その日の墨

篠田桃紅　41335-8

筆との出会い、墨との出会い。戦争中の疎開先での暮らしから、戦後の療養生活を経て、墨から始めて国際的抽象美術家に至る、代表作となった半生の記。

昭和を生きて来た

山田太一　41442-3

平成の今、日本は「がらり」と変ってしまうのではないか？　そのような恐れも胸に、昭和の日本や家族を振りかえる。戦争の記憶を失わない世代にして未来志向者である名脚本家の名エッセイ。

でもいいの

佐野洋子　41622-9

どんなときも口紅を欠かさなかった母、デパートの宣伝部時代に出会った篠山紀信など、著者ならではの鋭い観察眼で人々との思い出を綴った、初期傑作エッセイ集。『ラブ・イズ・ザ・ベスト』を改題。

死してなお踊れ
栗原康　41686-1

行くぜ極楽、何度でも。家も土地も財産も、奥さんも子どもも、ぜんぶ捨てて一遍はなぜ踊り狂ったのか。他力の極みを生きた信仰の軌跡を踊りはねる文体で蘇らせて、未来をひらく絶後の評伝。

私の部屋のポプリ
熊井明子　41128-6

多くの女性に読みつがれてきた、伝説のエッセイ待望の文庫化！　夢見ることを忘れないで……と語りかける著者のまなざしは優しい。

まいまいつぶろ
高峰秀子　41361-7

松竹蒲田に子役で入社、オカッパ頭で男役もこなした将来の名優は、何を思い役者人生を送ったか。生涯の傑作「浮雲」に到る、心の内を綴る半生記。

巴里ひとりある記
高峰秀子　41376-1

1951年、27歳、高峰秀子は突然パリに旅立った。女優から解放され、パリでひとり暮らし、自己を見つめる、エッセイスト誕生を告げる第一作の初文庫化。

いつも夢をみていた
石井好子　41764-6

没後10年。華やかなステージや、あたたかな料理エッセイ――しかしその背後には、大変な苦労と悲しみがあった。秘めた恋、多忙な仕事、愛する人の死。現代の女性を勇気づける自叙伝。解説＝川上弘美

いつも異国の空の下
石井好子　41132-3

パリを拠点にヨーロッパ各地、米国、革命前の狂騒のキューバまで――戦後の占領下に日本を飛び出し、契約書一枚で「世界を三周」、歌い歩いた八年間の移動と闘いの日々の記録。